Deseo

D1546081

EL HIJO PERDIDO

JANICE MAYNARD

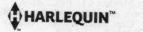

HARLEQUIN™

Editado por HARLEQUIN IBÉRICA, S.A.
Núñez de Balboa, 56
28001 Madrid

© 2013 Janice Maynard
© 2014 Harlequin Ibérica, S.A.
El hijo perdido, n.º 1980 - 14.5.14
Título original: A Wolff at Heart
Publicada originalmente por Harlequin Enterprises, Ltd.

I.S.B.N.: 978-84-687-4199-4
Depósito legal: M-4582-2014
Editor responsable: Luis Pugni
Fotomecánica: M.T. Color & Diseño, S.L. Las Rozas (Madrid)
Impresión en Black print CPI (Barcelona)
Fecha impresion para Argentina: 10.11.14
Distribuidor exclusivo para España: LOGISTA
Distribuidor para México: CODIPLYRSA
Distribuidores para Argentina: interior, BERTRAN, S.A.C. Vélez
Sársfield, 1950. Cap. Fed./ Buenos Aires y Gran Buenos Aires,
VACCARO SÁNCHEZ y Cía, S.A.

Capítulo Uno

Pierce Avery no tenía un buen día. De hecho, no había tenido un día tan malo en su vida. La tensión se había adueñado de su estómago y le retumbaba la cabeza. Le sudaban las manos. Ni siquiera debería conducir en aquel estado de ánimo.

Su primera reacción ante una crisis así habría sido irse al río con su piragua. En una calurosa tarde de agosto como aquella, no había nada como sentir la humedad en la cara para atraer, paradójicamente, tanto la euforia como la tranquilidad. Desde niño sabía que no estaba hecho para trabajar tras una mesa. La madre naturaleza lo llamaba, lo seducía, lo reclamaba.

De joven, había encontrado un empleo en el que le pagaban por ser temerario. Esos empleos eran escasos y no se encontraban con facilidad, así que había acabado creando su propia empresa. Ahora se dedicaba a enseñar actividades al aire libre a grupos de universitarios, a ejecutivos sedentarios y a jubilados llenos de energía. Montar en bicicleta, senderismo, rápel, espeleología y su favorito, el piragüismo. Amaba su trabajo, amaba la vida. Pero ese día, había sufrido un duro revés.

Aparcó en una tranquila calle del centro de

Charlottesville. Las clases todavía no habían empezado en la universidad de Virginia, así que apenas había gente en las terrazas de las cafeterías. El alma máter de Pierce lo había moldeado a pesar de sus intentos por rebelarse. Se había graduado con honores en un máster de administración de empresas solo porque su padre había insistido en que estuviera a la altura de su potencial.

Pierce se lo debía todo a su padre. En la actualidad, años más tarde, su padre lo necesitaba y no podía hacer nada por él.

Mientras cerraba el coche con manos temblorosas, se quedó contemplando la discreta entrada de la oficina que tenía ante él. Una placa grabada flanqueaba el timbre y había una maceta de geranios junto al muro de ladrillo. El único detalle discordante era un pequeño cartel de «se alquila» que colgaba del interior de la ventana, tras unas cortinas de encaje antiguo. Podía haber sido cualquier negocio, desde la consulta de un doctor a una empresa de auditoría.

El próspero centro de Charlottesville era prolífico en artesanos, así como en negocios tradicionales. Una exnovia de Pierce tenía un estudio de cerámica en la misma calle. Pero ese día, nada de eso le interesaba.

Pierce tenía una reunión con Nicola Parrish. Llamó a la puerta con los nudillos y entró. La zona de recepción estaba fresca, iluminada y había un olor a hierbas proveniente de las plantas que había en el mirador.

Una mujer madura levantó la vista del ordenador y sonrió.

—¿Señor Avery?

Pierce asintió nervioso. Llegaba con veinte minutos de antelación porque había sido incapaz de permanecer un segundo más en su casa.

La recepcionista sonrió.

—Siéntese. La señorita Parrish estará con usted enseguida.

Quedaban dos minutos para la hora fijada para la cita cuando volvió a buscarlo.

—Le está esperando.

Pierce no sabía lo que le esperaba. Su madre había concertado aquella reunión que él no deseaba. De hecho, daría cualquier cosa por marcharse sin mirar atrás. Pero el recuerdo de la mirada angustiosa de su madre impidió que sus pies se movieran.

La mujer a la que había ido a ver se levantó y extendió la mano.

—Buenas tardes, señor Avery, soy Nicola Parrish, encantada de conocerlo.

Le estrechó la mano y sintió su firmeza, sus dedos delgados y su piel suave.

—Gracias por recibirme tan pronto.

—Su madre dijo que era urgente.

—Sí y no. De hecho, no sé muy bien por qué estoy aquí o qué puede hacer…

—Siéntese —dijo extendiendo el brazo—. Vayamos por orden.

Era rubia y llevaba melena a la altura de la barbilla. A pesar de que se le movía cada vez que giraba la cabeza, estaba seguro de que ningún mechón quedaba fuera de su sitio. Era esbelta, pero no delgada, y alta, apenas unos centímetros menos que él.

Contempló la pared que había tras ella. Facultad de Harvard, título en estudios forenses, varios galardones. Aquella información, unida al aspecto que le daba el traje negro que llevaba, transmitía la imagen de una mujer inteligente, aplicada y profesional. Si era o no buena obteniendo información y respuestas, estaba todavía por ver.

De repente se levantó.

—Quizá estemos más cómodos aquí.

Sin esperar a que la siguiera, salió de detrás del escritorio y se dirigió a una pequeña salita. Tenía unas piernas muy atractivas. Eran la clase de piernas que hacían que los adolescentes y los hombres maduros creyeran en la existencia de un creador benevolente.

Se sentó en una butaca mientras la abogada tomaba una cafetera de plata.

—¿Café?

—Sí, gracias, solo y sin azúcar.

Le sirvió el café y, al dárselo, sus dedos se rozaron. No llevaba anillos en las manos. Pierce se bebió media taza de un sorbo, haciendo una mueca cuando su lengua sintió la temperatura del líquido. Un trago de whisky le habría venido mejor.

La mirada de la abogada era amable, pero expectante.

—El reloj corre, señor Avery. Hoy solo tengo cuarenta y cinco minutos.

Pierce se inclinó hacia delante y apoyó la cabeza en las manos.

—No sé por dónde empezar.

Se sentía derrotado, indefenso. Esas sensaciones eran tan desconocidas para él que estaba enfadado y frustrado.

—Lo único que me ha dicho su madre es que necesita investigar una posible negligencia médica cometida hace más de tres décadas. Creo que tiene que ver con su nacimiento.

—Así es.

—¿Estamos hablando de un caso en el que un bebé ha podido ser entregado a los padres equivocados?

—No es tan simple.

Quizá debería haber acudido antes a un psiquiatra. Los abogados estaban entrenados para observar, no para meterse en la cabeza de otras personas. Aunque lo cierto era que no quería que nadie se metiera en su cabeza. Si eso pasaba, sería incapaz de ocultar la enorme confusión que sentía.

—¿Señor Avery?

Respiró hondo y clavó las uñas en la tapicería.

—Mi padre se está muriendo de un tumor en el riñón.

El brillo de compasión que asomó a sus ojos gris azulados parecía sincero.

—Lo siento.

—Necesita un trasplante. Está en lista de espera y el tiempo se le acaba. Así que decidí darle uno de los míos. Hicimos las pruebas y…

Se detuvo. Un nudo en la garganta le hizo imposible seguir hablando.

—¿Y qué?

Pierce se levantó y empezó a pasear por la pequeña sala. Reparó en la ostentosa alfombra oriental en tonos rosas y verdes. El resto del suelo era de tarima.

—No soy su hijo.

Se había repetido aquellas palabras cientos de veces durante los últimos tres días. Pronunciarlas en voz alta no hacía que la realidad fuera más fácil de aceptar.

—¿Lo adoptaron? ¿No lo sabía?

—No, ese no es el caso.

—¿Una aventura entonces?

—No lo creo. Mi madre es mujer de un solo hombre. Adora a mi padre. Por un momento pensé que me habían ocultado que fuera adoptado. Pero vi su cara cuando el doctor nos dio la noticia. Estaba desolada. La noticia le sorprendió tanto como a mí.

—¿Así que la única explicación posible es que fue cambiado en el hospital, no?

—La tía de mi madre, mi tía abuela, era la médico de guardia aquella noche. Dudo mucho que hubiera permitido una equivocación así.

—¿Qué quiere que haga?

Pierce apoyó el brazo en la repisa de la chimenea y se quedó contemplando el retrato de Thomas Jefferson que colgaba de la pared. Aquel expresidente había sido padre de un número indeterminado de niños. La gente seguía debatiendo sobre su paternidad incluso en la actualidad.

Pierce nunca había dudado de sus vínculos familiares. Estaba unido a sus padres como cualquier hijo, aunque habían tenido sus diferencias en sus años de adolescente. Descubrir que no era de la misma sangre que su padre lo había perturbado hasta la médula. Si no era Pierce Avery, ¿entonces quién era?

—Mi madre está todo el día en el hospital con mi padre. Confía en que lo estabilicen para que lo manden a casa. Su preocupación es que esté bien.

—¿Y usted?

—He informado a mi equipo de que necesito tiempo para ocuparme de unos asuntos personales. Son muy competentes, así que en ese aspecto estoy tranquilo. Puede contar conmigo para lo que quiera. Tiene que ponerse a investigar enseguida. Le hemos dicho a mi padre que no soy compatible, pero no sabe toda la verdad. Es evidente que esto es muy importante para nosotros. Necesitamos su ayuda.

Nikki no había conocido nunca a un hombre que pareciera necesitar menos la ayuda de una mujer. Pierce Avery era corpulento, tenía los hombros anchos, medía más de uno ochenta y además

9

era musculoso. Parecía capaz de escalar una montaña con las manos.

También era de la clase de hombre que instintivamente protegían a las mujeres. Podía verlo en su actitud. Su masculinidad le provocaba un cosquilleo en el vientre. Ella tenía formación, era independiente y económicamente estable. ¿Por qué la idea de recibir atención por parte de un hombre fuerte y corpulento hacía que se le doblaran las rodillas?

Aquellas inoportunas y prehistóricas feromonas...

—Creo que el primer paso que tenemos que dar es pedir los informes médicos —dijo ella con tranquilidad.

Era evidente que Pierce Avery quería rapidez.

—El hospital era un centro privado. A mediados de los noventa fue comprado por una compañía y recientemente ha sido demolido.

—Aun así, los informes tienen que estar guardados en alguna parte.

—Eso es lo que esperamos. ¿Cuánto tardará en conseguirlos?

Nikki frunció el ceño.

—¿Cree que el suyo es el único caso que tengo?

—Podemos pagar.

Nikki sintió que su enfado aumentaba.

—No me gusta que los ricos vayan exhibiendo su dinero y esperen que los demás se pongan a bailar a su alrededor.

Él observó los títulos lujosamente enmarcados.

10

–Estudiar en Harvard no es precisamente barato, señorita Parrish.

Nikki trató de contener su rabia y respiró hondo hasta que pudo controlar la voz.

–Se sorprendería.

Se quedó mirándola.

–Nunca me han interesado los abogados.

Poco a poco la estaba sacando de sus casillas.

–¿Es siempre tan directo?

Se levantó y se alisó la falda.

Pierce acortó la pequeña distancia que había entre ellos y se pasó la mano por su pelo oscuro.

–¿Siempre es tan temperamental?

Sus respiraciones se acompasaron. Podía advertir sus latidos en el cuello. Sus intensos ojos marrones eran demasiado bonitos para un hombre.

–No suelo discutir con mis clientes –murmuró ella–. ¿Qué pasa con usted?

Pierce dio un paso atrás. A Nikki le fastidió que su propia reacción fuera más de desilusión que de alivio.

–Estoy impaciente –dijo algo avergonzado.

–¿Es eso una disculpa?

–Siguen sin gustarme los abogados. Esto no fue idea mía.

–No, su madre le hizo venir –dijo burlándose de él, curiosa por ver si la mandaba al infierno.

Sin embargo, la sorprendió rompiendo en carcajadas. Todo su rostro se iluminó.

–Es la primera vez en mi vida que pago para que me insulten.

11

Nikki sacudió la cabeza, desconcertada por la instantánea conexión que había surgido entre ellos. Quizá fuera una clase de compenetración negativa, pero desde luego era algo.

–Creo que saca lo peor que hay en mí.

–Lo malo puede ser bueno –dijo él.

Lo había dicho con expresión seria, pero sus ojos brillaban traviesos.

–No coqueteo con clientes –dijo ella con firmeza, haciendo oídos sordos.

–¿Por qué se alquila esta oficina?

Aquella pregunta la pilló con la guardia bajada e intentó darle una respuesta ambigua.

–Bueno, yo…

Era fría e implacable en el juzgado, pero después de horas de preparación. En aquel momento sentía que pisaba arenas movedizas.

Pierce ladeó la cabeza.

–¿Un secreto inconfesable?

Ella suspiró.

–En absoluto. Para que lo sepa, dejo el despacho. Me han hecho una oferta para unirme a una firma de abogados de Virginia, a las afueras de Washington D. C.

–Sospecho que hay un pero por alguna parte.

Su mirada curiosa contradecía su previa descortesía.

–He pedido tiempo para pensarlo. Hace seis años que acabé la carrera y nunca me he tomado más de un fin de semana de vacaciones.

–Debe de estar muy segura de su decisión.

–En absoluto, pero aunque no acepte la oferta, quiero hacer algo diferente. Me gustaría trabajar de asesora para una organización benéfica.

–Así no se hará rica.

–¿Ha oído alguna vez la expresión «búsqueda de la felicidad»? Quiero empezar a hacer realidad mis deseos y no esperar a ser vieja.

–Lo entiendo –dijo él, metiéndose las manos en los bolsillos.

Lo dudaba. Tenía toda la pinta de haberse criado entre algodones.

–Seguiremos otro día –dijo ella mirando el reloj–. Tengo una reunión.

–No importa –dijo él–. Ya he averiguado todo lo que necesitaba saber. Veo que me presta atención. Eso me gusta.

¿Era su cabeza o todo lo que decía tenía una connotación sexual?

–Me voy de vacaciones –dijo ella.

–Sí, lo sé. Y a hacer una profunda introspección. A eso puedo ayudarla. Pagaré sus honorarios sean los que sean y juntos sacaremos los cadáveres de mi armario, algo que, si le soy sincero, no deseo. Pero de momento, la ayudaré a comportarse como una persona y no como una abogada estirada.

–No he dicho que haya aceptado su caso. Además, ¿qué le cualifica para lograr ese cambio?

Pierce movió el retrato que había sobre la chimenea hasta que lo enderezó.

–Ya verá, Nicola Parrish, ya verá.

Pierce había tenido que esperar seis días hasta que Nicola acabara con sus reuniones. Se había ofrecido a ayudarla a sacar sus cosas de la oficina a cambio de un encuentro cara a cara. No le había quedado más remedio que hacerlo; Nikki era muy buena negociando. Por suerte su padre estaba resistiendo, pero Pierce no estaba dispuesto a esperar mucho más para obtener las respuestas que necesitaba.

A petición de Nicola había llevado la furgoneta que su padre y él utilizaban para transportar las canoas. Había un montón de cosas que preferiría estar haciendo en un caluroso día de verano en vez de andar cargando cajas.

Aun así, su estado de ánimo mejoró cuando llamó a la puerta y Nicola lo recibió. Parecía más accesible. Se había puesto una cinta para retirarse el pelo de la cara y llevaba unos pantalones cortos que dejaban al descubierto sus estupendas piernas. El contorno de sus pechos bajo la camiseta blanca ceñida lo dejó con la boca seca. Las alpargatas negras la hacían parecer demasiado joven como para ser una exitosa abogada.

—La furgoneta está fuera.

Su tono sonó más brusco de lo que había pretendido, pero estaba intentando disimular la reacción que le había provocado su aspecto.

—Llega tarde —dijo Nicola frunciendo el ceño.

—Ha habido un accidente y he tenido que desviarme.

Nikki se pasó la mano por la frente.

—Hace mucho calor aquí. Alguien se ha equivocado en la fecha y me ha dejado sin electricidad dos días antes.

Al entrar, no se sorprendió al ver la recepción llena de cajas apiladas.

—Qué fastidio. ¿Vive en el segundo piso?

—Por Dios, no. Eso sería terrible para una adicta al trabajo.

La siguió arriba, con la mirada puesta en su trasero.

—La mayoría de la gente adicta al trabajo no lo admite.

Le iba a venir bien tener que cargar peso. Necesitaba algo con lo que distraerse de los pensamientos que estaba teniendo con una mujer a la que apenas conocía.

La estancia del piso de arriba era un amplio espacio con un pequeño cuarto de baño en un rincón. Nicola había utilizado aquella zona como almacenaje, aunque también había un sofá, una mesa y una lámpara que indicaban que ocasionalmente había pasado allí la noche.

—De nada sirve engañarse —dijo ella tomando una caja de tamaño medio—. Pongámonos en marcha. De momento tengo preparadas cincuenta y tres cajas.

—¿Cincuenta y tres exactamente? ¿A lo mejor son cincuenta y cuatro o cincuenta y dos?

—¿Se está riendo de mí? —preguntó ella frunciendo el ceño.

—Termine de empaquetar —dijo él quitándole la caja—; yo cargaré con el peso, señorita Parrish.

Ella se cruzó de brazos.

—Será mejor que me llames Nikki. Creo que ya hemos traspasado la línea de la relación entre cliente y abogado.

Pierce cargó una segunda caja y, tras comprobar el peso, decidió añadir una tercera.

—Más que traspasar, yo lo considero mejorar. Aunque preferiría que no hubiera una mesa entre nosotros.

Se obligó a mantener la compostura. En aquella situación, no era prudente dejarse llevar por la atracción que sentía.

—De acuerdo, te llamaré Nikki. Tú puedes llamarme Pierce.

Nikki se sintió culpable, aunque no tanto como para rechazar la ayuda de Pierce. Su intención había sido contratar a un par de universitarios para que la ayudaran con la mudanza, pero después de que Pierce llamara repetidamente a su despacho durante tres días, finalmente le había dicho que si tanto quería una segunda reunión, podía ayudarla a sacar las cosas de su despacho. Y allí estaban, él cargando con sus cajas como si tal cosa y ella suspirando por sus bíceps y el tenue olor de su loción para el afeitado flotando en la escalera.

Nikki terminó de recoger los últimos trastos y los metió en una bolsa de basura. Luego, la tiró por la ventana trasera al contenedor que había en el callejón.

Después de un último vistazo para asegurarse de que no se dejaba nada de valor, bajó la escalera. Antes había comprobado que Pierce siguiera fuera, en la calle. No quería tener que pasar a su lado en la estrecha escalera. Nunca antes un hombre le había causado aquella impresión. Era imposible ignorarlo, tanto por su fuerte personalidad como por su imponente constitución.

Había salido con compañeros adinerados de la facultad de Derecho, pero una vez que todo quedaba dicho y hecho, había sido ella la que había puesto fin a las relaciones. Les separaba una brecha demasiado amplia como para mantener un compromiso a largo plazo. De pronto cayó en la cuenta de que habían pasado dos años desde su última cita allí en Charlottesville, y muchos más desde que había tenido intimidad con un hombre.

Su gran círculo de amistades mantenía ocupada su agenda social y, en las escasas ocasiones en que tenía tiempo libre, aprovechaba para adelantar trabajo atrasado.

Amaba su trabajo. Los títulos que colgaban en la pared eran más que elementos decorativos. Eran el testimonio de lo lejos que había llegado.

Lo único que le quedaba era su mesa de trabajo. Tomó un par de cajas vacías y empezó a abrir los cajones.

Pierce se quedó junto a la puerta, observando a la mujer que iba a ayudarlo a encontrar sentido a lo inexplicable. Se movía con rapidez y meticulosidad. Admiraba aquel orden, pero él no tenía ese don. Mientras la observaba en silencio, la vio buscar en el cajón del centro y sacar algo pequeño que, en la distancia, le pareció un animal de metal.

–¿Un regalo de un antiguo novio? –preguntó él entrando en la habitación.

Se sentó en el sofá. La ventana junto a la chimenea estaba abierta y entraba una brisa agradable.

Nikki se llevó la figura al pecho.

–No soy sentimental.

–Y si no eres sentimental, entonces, ¿cómo es que tienes esa cosa escondida en un cajón?

Era una pregunta razonable y sencilla, pero su interés la había pillado por sorpresa. Se encogió de hombros, ocultó el objeto en la mano y se quedó pensativa.

–Es un pastor escocés. Me lo regalaron de niña –su rostro se ensombreció–. Me recuerda un día especialmente malo.

–En ese caso, lo normal sería deshacerse de ello.

–A veces tenemos que recordar el pasado aunque duela. Asumir nuestros errores puede ayudarnos a no cometerlos otra vez –dijo mirándolo.

El tono de su voz lo desconcertó. ¿De qué tenía que lamentarse Nicola Parrish? A su edad, no podía ser nada terrible. Pensó si insistir para que se lo contara, pero decidió que no era una buena idea. No quería arriesgarse a que se enfadara, especialmente cuando tanto necesitaba de su ayuda.

Hizo círculos con los hombros y sintió una agradable sensación de cansancio. A pesar de que estaba acostumbrado al esfuerzo físico por su trabajo, dos horas levantando peso había hecho trabajar muchos de sus músculos.

—Arriba no queda nada —dijo él—. Solo queda lo que hay aquí.

—Eres rápido.

—No tiene sentido perder el tiempo.

—Agradezco tu ayuda —dijo ella.

Él se encogió de hombros.

—Esto es un toma y daca, ¿recuerdas? Te invitaré a cenar esta noche para que me cuentes qué llevas descubierto hasta ahora.

Nikki se agachó para meter la figura del perro en su bolso, pero se quedó pensativa y finalmente lo guardó en un bolsillo de sus pantalones cortos.

—No hace falta ir a cenar.

—Has tenido un día muy largo y todavía no hemos acabado. Es lo menos que puedo hacer.

—No estoy vestida para ir a cenar.

—No importa. Iré a casa a asearme mientras tú haces lo mismo. Hay un restaurante nuevo en East Market que llevo tiempo queriendo conocer —dijo él, y se detuvo antes de continuar—: ¿Vamos a llevar las cajas a tu casa? Tardaré menos en descargarlas de lo que he tardado en cargarlas. Aun así, harán falta dos viajes.

—Mi apartamento es pequeño. He alquilado un trastero a dos manzanas. Si no te importa, te daré la llave y el código para que las lleves. Cuando vuelvas, ya habré terminado. Esta mesa y ese mueble también van.

Le entregó las llaves y sus dedos le rozaron la palma de la mano. Estaban lo suficientemente cerca como para percibir el agradable aroma de su cálida piel. Por un momento tuvo una visión de ambos duchándose juntos. Vaya, no era el momento más adecuado para tener una erección.

Pierce se apartó y ella le entregó un trozo de papel con la dirección y el código.

—Gracias.

Pierce carraspeó en un intento por ignorar sus instintos más básicos.

—¿Ha tenido suerte con los informes?

—Tienes suerte de que vivamos en la era de la alta velocidad, don Impaciente —dijo ella apoyándose en la mesa—. He recibido algo hace un rato. Lo imprimiré y lo llevaré a la cena. Si lo revisamos juntos, puede que encontremos alguna anomalía.

Su erección bajó al recordar. ¿De verdad quería conocer las respuestas? No, pero no le quedaba otra opción.

—No tardaré mucho —dijo él, atravesando la habitación antes de que se diera cuenta de que estaba intranquilo.

Capítulo Dos

Le resultó fácil descargar la furgoneta y meter las cajas directamente en el trastero. Le daba la impresión de que estaba literalmente almacenando una gran parte de su vida mientras decidía qué rumbo seguir.

En ese sentido, sus circunstancias eran similares. Pierce se había visto obligado repentinamente a dejar su negocio a cargo de su equipo para vadear aguas profundas y desconocidas.

Mientras conducía de vuelta, intentó imaginarse cómo reaccionaría cuando descubriera la verdad sobre su nacimiento.

Cuando volvió, Nikki lo estaba esperando en los escalones de entrada, sentada al sol y con unas estilosas gafas negras que ocultaban su expresión. Aparcó la furgoneta y se bajó.

–¿Has acabado?

–Sí –contestó ella ofreciéndole una botella de agua–. Tengo el estómago un poco revuelto.

–¿Por qué?

Pierce se sentó a su lado. Sus caderas prácticamente se tocaban. A la luz del sol vespertino, sus brazos y piernas se veían pálidos. Los adictos al trabajo rara vez estaban bronceados.

—Espero estar haciendo lo correcto. Me gusta mucho Charlottesville, pero no dejo de pensar que hay algo más, que me estoy perdiendo algo.

—¿Un marido e hijos?

Ella arrugó la nariz.

—Lo dudo. Los niños requieren atención y no estoy segura de poder cambiar mi vida. Trabajo mucho.

—¿Para qué?

—Para reafirmarme, sentirme realizada, tener dinero... ¿Qué me dices de ti?

—Mi padre y yo tenemos una empresa de actividades al aire libre. Insistió y me obligó a terminar mis estudios de empresariales, pero para mí fue tan solo el medio para conseguir un fin. Nunca hubiera soportado pasar el día sentado en una mesa. Soy un adicto a la adrenalina. Prefiero la acción a las palabras.

Nikki se preguntó si su intención había sido que aquello sonara sugerente. ¿Estaba flirteando o era su imaginación calenturienta la que lo estaba entendiendo así? No era difícil imaginarse a Pierce practicando su filosofía de vida en el dormitorio.

Tragó saliva envidiando su seguridad en sí mismo. Llevaba trabajando sin parar desde que tenía dieciséis años, ante el temor de acabar sola y sin blanca. Aunque a lo largo del camino había tenido ayuda, la mayor parte de su éxito se lo debía a su tenacidad y a su negativa a darse por vencida.

Sus ahorros y su plan de pensiones eran desahogados. E incluso con aquel paréntesis que iba a tomarse, su chequera no se vería afectada. Pero en su incesante esfuerzo por conseguir seguridad económica, se había olvidado de divertirse. Con el atractivo Pierce Avery sentado literalmente en su puerta, la idea de ser arriesgada le resultaba irresistible.

Tenía un cuerpo bonito, fuerte, musculoso y perfectamente proporcionado. Se movía con la gracia de un atleta. Aunque era un hombre corpulento, no resultaba desgarbado ni torpe. Teniéndolo tan cerca, pudo estudiar sus manos, de largos dedos, amplias palmas y uñas cuidadas. Era la clase de hombre que tomaría a una mujer en brazos y la subiría la escalera sin esfuerzo.

–Supongo que deberíamos volver a ponernos manos a la obra –dijo, asombrada por el inconfundible temblor de su voz.

Pierce no pareció darse cuenta. Se puso de pie y le tendió la mano para ayudarla a levantarse.

–Estoy listo si tú lo estás.

Cuando su mano tomó la suya, las rodillas le temblaron. No era un buen momento para caer víctima de un enamoramiento inapropiado. La soltó en el momento preciso, dejándola con la duda de si solo ella sentía aquella atracción. Él le abrió la puerta y la siguió hasta su despacho.

–Supongo que lo siguiente es el escritorio, ¿verdad? –preguntó ella, intentando parecer profesional y no una adolescente enamorada.

–Así es –convino Pierce, mirándola con recelo–. No quiero ofender tu sensibilidad femenina pero ¿no sería mejor si llamara a un colega para que me ayudara con esto?

–Soy más fuerte de lo que parece –insistió ella–. Tomaré este extremo y tú toma ese. Podemos parar en la puerta para recuperar fuerzas antes de meterla en la furgoneta.

Ahora que había llegado el momento, sintió que los ojos se le llenaban de lágrimas, a pesar de su falta de sentimentalismo. Aquella acogedora oficina y la pequeña habitación del piso de arriba habían sido un lugar agradable en el que había aprendido a confiar en sí misma.

–Usa las piernas para levantarla, no la espalda. A la de tres, una, dos y tres.

Al levantar su lado, un pequeño roedor salió como un rayo de su escondite, chocó con su tobillo desnudo y desapareció por un agujero que había en el rodapié.

Nikki gritó y soltó la mesa, sintiendo al instante una punzada de dolor en el pie.

Pierce soltó su lado levantó la mesa para liberar a Nikki. Su rostro se retorcía en una mueca de dolor. La tomó en brazos y la llevó al sofá, sentándola con las piernas sobre su regazo.

–Deja que vea qué te has hecho.

Su pie izquierdo se había llevado el golpe. Suavemente, Pierce le desabrochó el zapato y se lo quitó. Ambos contuvieron el aliento al ver la herida. Si aquella pesada mesa hubiera aterrizado a un

24

par de centímetros, le habría roto varios huesos. Le había caído en el dedo gordo, desgarrándole la piel y dejándole el pie ensangrentado.

Le tomó el talón.

—¿Tienes botiquín? ¿Hielo?

Ella sacudió la cabeza.

—Desenchufé la nevera ayer. Y nunca he tenido medicinas aquí.

—Te llevaré a urgencias —dijo él frunciendo el ceño.

—No, por favor, no me he roto nada. Estoy segura de que no está tan mal como parece. Y no es el pie derecho, así que puedo conducir.

Pierce había conocido numerosas lesiones deportivas a lo largo de los años. Estaba diplomado en primeros auxilios. Cuando salía con grupos, su responsabilidad era cuidar de ellos en todos los sentidos. Pero al ver a Nikki dolorida, se sintió aturdido. Su piel era tan suave y bonita que era un delito verla herida. Sus pies eran largos y delgados con empeines pronunciados. Al ver que se movía, se dio cuenta de que estaba acariciándole el pie con el dedo gordo.

Inmediatamente le soltó la pierna.

—Tengo un botiquín completo en mi casa y te vendría bien un cambio de aires —dijo—. Y nada de discusiones.

—Nací para discutir —dijo ella sonriendo, a pesar de su herida—. Además, tengo que salir de aquí antes de medianoche o tendré que pagar un mes más de renta. Gracias por tu caballerosidad, estaré bien.

Sabía que era una mujer independiente y exitosa, pero su terquedad lo desesperaba.

—Un par de amigos me deben un favor. Prometo que puedes confiar en ellos para dejarles tus cosas. Les pediré que saquen lo poco que queda. ¿Te parece bien?

Nikki se mordió el labio. Era evidente que no estaba acostumbrada a que alguien tomara las riendas. Por suerte, dijo:

—Gracias, eso sería maravilloso.

Pierce apartó sus piernas y se puso de pie, colocándola suavemente en el sofá.

—Voy a llamarlos a ver si están disponibles. No te muevas.

Aunque el pie le palpitaba de dolor, Nikki no se movió. No solo por la herida, sino porque quería observar a Pierce mientras no la estaba mirando. No se había equivocado en su habilidad para cargar con una mujer. La había levantado como si fuera una niña y eso que no pesaba poco.

Se adivinaba que estaba acostumbrado a llevar las riendas y que estaba haciendo un esfuerzo por cumplir sus deseos y granjearse su confianza. No debería haberle propuesto aquel trato. Pierce era demasiado guapo y carismático.

La idea de tomarse un tiempo libre para decidir el siguiente paso que iba a dar en su vida tenía que ser una prioridad. Ceder a la atracción hacia un posible cliente era algo impulsivo y posiblemente estúpido, cualidades que no describían a Nicola Parrish.

De todas formas, la pérdida momentánea de juicio estaba justificada. Pierce Avery lo tenía todo: era inteligente, divertido, simpático y fuerte. Aun así, haría bien en ignorar el escalofrío que sentía cada vez que la rozaba. El hombre era muy solícito, eso era todo. Y quería algo de ella, por lo que incluso su atención era sospechosa.

Pierce la necesitaba en su búsqueda de respuestas. Además, sospechaba que era lo suficientemente decidido como para enfrentarse a los obstáculos que se le pusieran en el camino, incluyendo jugar a los médicos con su abogada.

Flexionó el tobillo y contuvo la respiración al sentir una punzada de dolor en la pierna. El pie ya se le había hinchado. Aquella era un complicación que no deseaba.

Taciturna, observó cómo se movía mientras recogía las últimas cosas de la mudanza. Parecía mucho más relajado que el día en que se habían conocido en su despacho. Una vieja camiseta gris marcaba su fuerte torso, resaltando los músculos de sus brazos. Al agacharse a recoger un lápiz que se le había caído, los pantalones cortos azul marino dejaron ver la cintura de los calzoncillos.

Más alterada de lo que estaba dispuesta a admitir, apartó la atención de Pierce y trató de levantarse. Puso el pie sano en el suelo, bajó la otra pierna y se levantó, apoyando el peso en su pie izquierdo. No estaba mal. Sentía molestias, pero con un par de ibuprofenos estaría bien por la mañana.

Pierce acabó de hablar por teléfono y la miró.

–¿Qué crees que estás haciendo?

–No me he roto el tobillo. Soy capaz de andar.

Aunque la idea de que volviera a tomarla en brazos le resultaba muy tentadora.

–Ahí fuera, el calor podría fundir el hierro. ¿Cómo crees que vas a llegar al coche?

Se cruzó de brazos como si deseara iniciar una discusión.

–Bueno, yo…

Pierce tenía razón. No era una perspectiva agradable quemarse la planta del pie herido.

–De acuerdo –dijo levantando la barbilla–, puedes cogerme en brazos.

Pierce sonrió. Ambos estaban sudando a mares y, aunque Nikki intentaba disimular, se adivinaba que estaba enfadada, en especial por no haber terminado la faena. Parecía la clase de mujer a la que le gustaba poner los puntos sobre las íes.

–En ese caso, vámonos.

Al atravesar la habitación en su dirección, Nikki levantó una mano.

–No tan rápido. No podemos irnos hasta que lleguen tus amigos.

–Van a pasar por mi casa para recoger las llaves. Dejaremos cerrada la oficina y la furgoneta en la calle. Nos llevaremos tu coche y luego te llevaré en él a tu casa. Siempre puedo tomar un taxi.

Nikki cambió el peso de una pierna a otra, incómoda.

–¿Has pensado en todo, verdad?

–Creo que no es mala idea.

–Supongo que debería estar agradecida.

–¿Y no lo estás?

–Claro que sí.

–Pero preferirías haber terminado a tu manera.

–¿Hay algo malo en eso?

–No, pero a veces es mejor dejarse llevar por la corriente.

–Prefiero dirigir la corriente hacia donde quiero.

–Al menos eres sincera.

–Tengo que pasar antes por mi casa para ponerme ropa limpia. ¿No será problema, verdad?

–En absoluto, Alteza –dijo tomándola en brazos antes de que pudiera protestar–. Tus deseos son órdenes para mí.

Pierce sintió su brazo rodeándolo por el cuello y suspiró para sus adentros. No era un buen momento para sentir aquella atracción sexual. Tenía que resolver un misterio y aquella mujer era su única aliada. No podía dejar que se diera cuenta de lo que le provocaba. Todo, desde su cabello sedoso a sus piernas de chica de calendario, le excitaba. Con ella en brazos, le resultaba fácil imaginársela en su cama, desnuda, gritando su nombre mientras alcanzaba un orgasmo.

La lujuria era una complicación. Si fuera listo, ignoraría su provocativo aroma y la trataría como a un amigo más. El problema era que no había nada asexual en Nikki Parrish. No presumía de su belleza ni la acentuaba, excepto por un poco de rímel y brillo labial. Pero su sexualidad emanaba incluso cuando se comportaba como una abogada estirada.

Pierce tuvo que echar hacia atrás el asiento para acomodar sus piernas en el pequeño s de Nikki. Encendió el motor y miró a su silenciosa acompañante.

—¿Qué pasa?

Ella se encogió de hombros, con la mirada fija en la puerta por la que acaban de salir.

—Pensé que estaba haciendo lo correcto. Ahora no lo sé. No esperaba sentirme tan…

—¿Sentimental?

Ella le dio una palmada en el brazo.

—Iba a decir confusa.

—Es natural. Cada giro en la vida supone superar una barrera emocional.

—Vaya. Eso es muy profundo.

—¿Te refieres a viniendo de un tipo tan poco intelectual como yo?

—Tú lo has dicho, no yo. Solo porque no elegiste un trabajo de oficina no quiere decir que seas menos listo.

—A veces creo que me hace ser más filósofo —admitió—. Hay algo en la naturaleza que hace desaparecer lo accesorio y reduce la vida a sus elementos más básicos.

Nikki le explicó cómo llegar a su apartamento, a poco más de tres kilómetros de allí. De nuevo, volvió a tomarla en brazos a pesar de que su apartamento, al estar en la planta baja, no estaba lejos. Dentro, Pierce miró con interés a su alrededor mientras Nikki recogía lo que iba a necesitar.

Unos minutos más tarde, volvió de su dormitorio.

—Si no te importa, prefiero ducharme aquí. ¿Puedes distraerte mientras me esperas?

—Claro —contestó.

Se sentó en una cómoda butaca y tomó el mando a distancia. Mientras pasaba canales, estudió su casa. Estaba ordenada y agradablemente decorada, pero era diminuta. La estantería más cercana estaba llena de libros jurídicos. No había adornos ni fotografías. Su despacho tenía más detalles coloridos, aunque tampoco allí había visto fotos.

Nikki cumplió su palabra. Enseguida volvió a aparecer, vestida con unos pantalones negros y una blusa negra sin mangas. Se la veía impecable y sintió el deseo repentino de desarreglarla.

—¿Cómo está la herida? —preguntó reparando en su pie desnudo.

—Me ha dolido en la ducha —admitió—. Pero estoy segura de que en cuanto me ponga una crema antibiótica, estará bien. Encontré unas vendas, pero son muy pequeñas.

—No creo que te sientas cómoda yendo a un restaurante descalza. Hay un restaurante cerca de mi casa que prepara comida para llevar. ¿Te parece bien?

—Me parece estupendo.

Se sentía aliviado de que no se hubiera negado.

—¿Y los papeles del hospital? –preguntó él.

—Si puedo ver mi correo electrónico en tu casa, los imprimiré. ¿Te parece bien?

—Claro, dame un minuto para encargar la comida y nos iremos.

Nikki le dijo lo que le apetecía y después de llamar, se acercó para tomarla en brazos. Ella lo detuvo con la mirada.

—Te lo agradezco, pero iré caminando al coche.

Pierce apoyó las manos en lo alto del marco de la puerta y estiró los hombros.

—¿Alguna vez tus padres te llamaron cabezota?

El rostro de Nikki estaba inexpresivo.

—No –contestó con tono frío–. Si no te importa, me gustaría que nos fuéramos. Estoy hambrienta.

Pierce esperó a que cerrara la puerta y la acompañó al coche. Aunque quedaban horas para la puesta de sol, se había levantado una ligera brisa que aliviaba el calor. Nikki apenas habló. Pierce se preguntó si la habría ofendido.

La comida ya estaba lista cuando Pierce entró al restaurante. Después de pagar, volvió al coche y sintió un extraño alivio al ver que Nikki seguía en el coche. Metió la comida en el maletero, a excepción de una pequeña bolsa. Se sentó en el asiento del conductor y le dio a Nikki la bolsa.

—¿Qué es esto? –preguntó ella.

—Aros de cebollas. Dijiste que tenías hambre.

***

Nikki no sabía si reír o llorar. Allí estaba, después de un día física y emocionalmente agotador, de camino a una cena íntima en casa de un hombre. Y porque había dicho que tenía hambre, le había llevado un aperitivo.

Al abrir la bolsa, el aroma de la cebolla inundó el coche.

—Umm —dijo después de dar un mordisco a un aro.

Pierce sonrió.

—Pensé que te gustarían.

Nikki se comió tres seguidos antes de ofrecerle.

—Será mejor que comas alguno. No me culpes si desaparecen. Los aros de cebolla son mi debilidad.

—Así que tienes alguna —murmuró él.

—Claro que tengo debilidades —dijo ella observándolo—. Qué tontería.

—Cuéntamelo, quiero oírlo. ¿Alguna vez emparejas mal los calcetines después de hacer la colada?

—Muy gracioso.

Fue a tomar otro aro, pero él le apartó la mano.

—El resto son míos —dijo Pierce sonriendo—. Hoy he trabajado duro.

—Eso me han dicho. ¿Por qué a los hombres siempre os gusta ser premiados?

—Créeme, Nikki. Los aros de cebolla están muy abajo en la lista.

—Si eso ha sido una insinuación sexual, tengo que pedirte que te contengas.

—Hemos sudado juntos. Eso une mucho.

—¿Quién lo dice?

–Todo el mundo. Pregunta por ahí.

Ella sonrió, pero no dijo nada. Habían dejado la ciudad y avanzaban por una carretera de campo. Unos minutos más tarde, Pierce giró en un camino de hormigón flanqueado por enormes robles.

La finca era maravillosa. Aunque estaban a escasos ocho kilómetros de la ciudad, la sensación de tranquilidad y paz era notable. Al ver la casa, Nikki ahogó una exclamación. La casa de Pierce estaba hecha de piedra y el tejado de madera de cedro. Detrás y a un lado de la casa se podía ver un estanque. A la derecha había caballos en un prado. Unos enormes ventanales se tornaban opacos al reflejar la brillante luz del sol.

Una explanada de césped recibía a los visitantes y se extendía hasta un bosque cercano. Por todas partes había arbustos y flores. Lentamente se bajó del coche, desatendiendo la orden de Pierce de esperar. Habían aparcado junto a la puerta, en el camino semicircular de entrada.

No le suponía ningún problema caminar cojeando cuando el premio de subir los escalones era encontrarse con una estampa veraniega tan idílica que podía haber sido pintada por un maestro del Renacimiento.

–Es precioso, Pierce –dijo con suavidad–. Es increíble.

–Me alegro de que te guste.

Había sacado la cena del coche y la seguía por la escalera. Después de abrir la puerta, la acompañó dentro. Había mucho mimo en todos los detalles: alfombras orientales, cuadros que probablemente costaran más que todo su apartamento.

Pierce desapareció un momento y volvió a reaparecer con una copa de vino.

–He puesto la comida en el horno para que se caliente. Si puedes esperar, me meteré en la ducha y enseguida estaré contigo. Hay mecedoras en el porche y detrás también –dijo entregándole una copa–. Disfruta. Relájate, no tardaré mucho.

Le tomó la palabra y se fue atrás, dando sorbos al vino. Detrás de la casa había un bosque a continuación del césped y una zona cercada con un puñado de perros.

Los perros no ladraron al verla, pero se quedaron mirándola. Sonriendo, bajó los escalones. El pie seguía doliéndole, pero lo ignoró concentrándose en los animales.

–Hola, preciosos. ¿Sois los chicos de Pierce? Sois unos perros muy bonitos.

Sonriendo, se agachó deseando dejarlos salir. De repente, Pierce apareció a su lado.

–Me has asustado –dijo levantándose y llevándose la mano al pecho–. Sí que has sido rápido.

–Los chicos acaban de recoger tus llaves. Me avisarán cuando terminen.

Él también estaba descalzo. Se había puesto unos vaqueros oscuros y una camisa de algodón.

–Despídete de los perros y ven dentro para que me ocupe de tu pie. Hasta luego, chicos –dijo, tomando a Nikki por el brazo–. Entremos para que te cure.

En el aseo de invitados había desplegado todo un botiquín de primeros auxilios.

—Súbete la pernera y apoya el pie en la bañera. Voy a lavarte con agua oxigenada. Puede escocerte un poco.

Un poco era quedarse corto. El antiséptico burbujeó, limpiando las impurezas, pero el líquido al contacto con la carne desgarrada, resultó tan doloroso como en la ducha. Se mordió el labio y cerró los ojos hasta que lo peor pasó. Cuando volvió a abrirlos, Pierce estaba arrodillado junto a sus pies.

Le tomó el pie en su mano y la piel se le puso de gallina. No era un buen momento para descubrir que sus pies eran una zona erógena. Su caricia fue suave, pero firme. Primero le secó el área con una toalla. Luego, le untó crema antibiótica donde la piel estaba rasgada.

Aunque no era precisamente agradable, la cercanía de Pierce la distraía. Estaba prácticamente apoyada en su hombro. Si se inclinaba un poco, podía acariciarle el pelo con los dedos. Temblorosa y sin aliento, observó cómo le colocaba una venda alrededor del pie con la precisión de un médico.

Por fin se puso de pie, haciéndola sentir diminuta en la estrecha dimensión del baño.

—Eso servirá. Al menos podrás ponerte un zapato.

Nikki retrocedió hasta el lavabo, sintiendo el pulso acelerado.

—Gracias. Estoy segura de que estaré bien.

Pierce estaba mirando su boca y se preguntó si

tendría algún resto de los aros de cebolla en la barbilla.

–¿Estás lista?

El vientre se le contrajo al sentir la excitación por sus venas.

–¿Para qué?

Una sonrisa asomó a los labios de Pierce, como si pudiera adivinar lo que estaba pensando.

–Para cenar la carne.

Ella tragó saliva. Tenía la boca seca.

–Ah, claro –dijo saliendo al pasillo–. Gracias por los cuidados médicos.

–No hay de qué.

En la cocina, Pierce insistió en que se quedara sentada a la mesa mientras él servía los filetes, las patatas y la ensalada en los platos. Acababa de sentarse, cuando Nikki se levantó.

–No hemos impreso los informes médicos.

Él la tomó por la muñeca y la obligó a sentarse de nuevo.

–Tenemos toda la noche. Puedes hacerlo mientras yo recojo los platos. Podemos sentarnos en el sofá y extender todo en la mesa.

–De acuerdo.

Ella se dejó caer en la silla y empezó a cortar su entrecot. Estaba en su punto perfecto y durante unos segundos comieron en silencio.

–¿Cómo está tu padre?

Pierce se quedó de piedra, con el tenedor a medio camino de la boca. Lo dejó y dio un trago largo a su vino.

–Estable. He pasado un par de horas con él esta mañana. Mi madre confía en poder llevárselo a casa en uno o dos días.

–¿Y entonces qué?

Pierce frunció el ceño con la mirada perdida.

–Seguiremos esperando.

–¿Cuándo tenéis pensado contarle la verdad?

–Cuando sepamos que está lo suficientemente fuerte para encajarlo. Sería mucho más sencillo si tuviera algo más que decirle que no soy compatible porque no soy hijo suyo. ¿Cómo le dices a un hombre que su único hijo no lo es realmente?

–Sigue siendo tu padre. Te crio y te quiere.

–Lo sé, pero los lazos de sangre no entienden de razonamientos. Es algo instintivo.

La conversación había tomado un giro que le provocaba a Nikki un nudo en el estómago.

–Las familias se basan en el amor. Cuando alguien elige amarte, surge un vínculo, haya lazos de sangre o no. Pregúntale a cualquiera que haya adoptado un niño.

–Dios mío, Nikki. ¿Eres adoptada?

–No.

Pierce acabó su comida y se tomó una segunda copa de vino mientras ella terminaba.

–Si fuera por mí –dijo él acariciando el borde de la copa–, me olvidaría del asunto. No necesito continuar con esto.

–Eso lo dices ahora, pero no lo olvidarías. Algunos interrogantes nunca se olvidan.

–Pareces la voz de la experiencia hablando.

Ella se encogió de hombros.

–Los abogados nos damos cuenta de muchas cosas que la gente no quiere admitir. Confía en mí, Pierce. No puedes cerrar los ojos y pretender que nunca ha ocurrido. Antes o después vas a querer obtener respuestas.

–Y es por eso que te tengo a ti –dijo levantándose precipitadamente–. Mi despacho está arriba. Si tienes algún problema con el correo electrónico o la impresora, avísame. ¿Necesitas ayuda para caminar?

–No –dijo ella–. Me las arreglaré sin ti.

Pierce recogió los platos y los metió en el lavavajillas sin apenas prestar atención a lo que estaba haciendo. Estaba a punto de descubrir lo que podía ser un terrible secreto.

Su lado más egoísta quería dejarse llevar por la atracción que sentía por Nikki Parrish. Era inteligente, decidida y tremendamente sexy. Su intuición le decía que lo pasarían bien juntos. Pero necesitaba la cabeza de Nikki y sus habilidades para algo más que acostarse con ella, al menos de momento. Tocarla podía convertirse rápidamente en una adicción. Resultaba muy femenina.

Levantó la cabeza al oír sus pasos en la escalera y la recibió al pie.

–¿Y bien?

–Esto va a llevar un rato –dijo ella mostrándole un puñado de papeles.

–Entonces, empecemos. Cuanto antes me entere, mejor –dijo–. Te pago por tu tiempo.

Nikki se sentó e hizo cuatro montones.

–Me ayudaste con la mudanza, ¿recuerdas?

–Habíamos acordado que te ayudaba con la mudanza y tú me dabas a cambio una cita.

Ella sonrió y se sentó con cuidado sobre su pierna derecha.

–¿Qué te parece si consideramos esta una consulta gratuita? Me estoy tomando un interés personal en tu caso. Y a partir de las doce de hoy, estoy oficialmente de descanso durante seis semanas.

–No me debes nada. Apenas nos conocemos.

–Bueno –dijo ella lentamente, borrando su sonrisa–, digamos que estoy intrigada por lo que me has contado. Me gustan los misterios y tengo la sensación de que este va a tener más enredos que una película de Hitchcock.

–Me alegro de que mi vida personal te entretenga.

–Deja de protestar –dijo ella dando una palmadita en el asiento de al lado–. Tal vez todo resulte mejor de lo que piensas.

–¿Cómo puedes decir eso? Mi padre no es mi padre.

–Eso no es cierto. Es tu padre. Ser padre implica mucho más que darte su esperma. Se preocupó por ti, te dedicó tiempo, te dio su cariño… Eso es lo que hacen los padres. Espero que no seas tan cínico como pareces.

–No soy cínico en absoluto –protestó–. Siempre

soñé que el día que tuviera un hijo, mi padre, él y yo haríamos cosas juntos, ya sabes, de generación en generación.

–Todavía puedes hacerlo. Olvídate de la genética por un momento. Quieres a tu padre y él va a querer al hijo que tengas –dijo, dándole unas palmaditas en la rodilla–. Tómate tu tiempo. Sé que la noticia ha sido impactante, pero al final, la relación con tu padre seguirá siendo la misma que hasta ahora.

–No puedo ayudarlo con el trasplante.

Se le hizo un nudo en la garganta. Aunque tenía la mirada perdida, sus ojos se habían clavado en el montón de informes.

Ella suspiró.

–Eso es cierto. Pero también podías haber sido incompatible aunque hubieras sido su hijo biológico. De momento, lo mejor que puedes hacer por él y tu madre es llegar al fondo de este asunto.

–¿Y si no sale de esta? ¿Y si no encuentran un donante?

–No puedes pensar así. No quiero restar importancia a lo que te ha pasado, pero ya verás que todo va a salir bien.

Él se enderezó, animado por su rotunda convicción.

–Debes de ser muy buena en tu trabajo –dijo, y la miró por el rabillo del ojo antes de acomodarse en su asiento–. Gracias, Nicola Parrish. Eres una mujer muy agradable.

Ella se ruborizó.

–Puedo ser muy dura cuando hace falta.

–¿Y eso cuándo ocurre?

–Bueno, ya sabes, enfrentándome a un padre holgazán en un juzgado, hablando con un drogadicto que roba para pagarse su adicción, plantando cara a un juez que piensa que el lugar de las mujeres está en la cocina y no ante un estrado…

–¿De verdad sigue ocurriendo eso?

–No con frecuencia, pero sí de vez en cuando.

–Apuesto a que eres una de esas personas que toma represalias por los demás.

–Creo en que el trabajo hay que hacerlo bien o si no, no hacerlo –dijo levantando la barbilla.

–Y es por eso por lo que estás dispuesta a llegar al fondo de esto.

–Ya te lo he dicho, me gustan los misterios. Nunca me doy por vencida hasta que obtengo las respuestas. Pero tengo que advertirte de que llegaré hasta el final, aunque la verdad sea algo que no quieras saber.

Pierce entrelazó las manos por detrás de la nuca y se reclinó en el sofá fingiendo tranquilidad, a pesar de que tenía un nudo en el estómago.

–Estoy asustado –dijo medio en broma.

Ella se sentó derecha, poniendo ambos pies en el suelo.

–No lo estés –dijo con expresión seria–. La verdad puede doler cuando no la esperas, pero los secretos son más peligrosos. Confía en mí, Pierce. Estás haciendo lo correcto.

Capítulo Tres

Pierce tomó un hoja.

—No tiene sentido demorarlo —dijo resignado.

—Cierto.

Nikki abrió su ordenador portátil y preparó un documento en blanco.

—¿Para qué es eso? —preguntó él.

—Me gusta tomar notas. La memoria puede jugar malas pasadas. Así puedo volver a revisar detalles que a veces resultan ser puntos claves. En este momento no son nada definitivo, más bien simples apreciaciones.

—¿Cómo sé lo que tengo que buscar?

—Realmente no lo sabes. Puedes empezar revisando los datos principales. Pero si alguien cometió alguna equivocación deliberadamente, estoy segura de que habrán intentado no dejar rastro.

—Estupendo —murmuró él—. Será como buscar una aguja en un pajar que lleva más de treinta años escondida.

Nikki le entregó la mitad de las hojas que había impreso.

—Anímate, señor Avery. Un buen detective se mete en el barro. Para un amante del aire libre, eso no será ningún obstáculo.

Pierce leyó mecánicamente, pero con atención. Se fijó en detalles como la hora del parto, el peso y la talla al nacer, que ya conocía. Página tras página, leyó párrafos sobre los medicamentos administrados y las mediciones de temperatura y tensión tanto de la madre como del bebé.

Después de media hora, Nikki le pasó su montón.

–Cambiemos. Quizá veas algo que se me haya pasado y al revés.

Las nuevas páginas tampoco resultaron de ayuda. Encontró detalles anecdóticos del parte de su madre. De acuerdo a los informes, había sido normal en todos los aspectos. Pero de repente algo llamó su atención.

–¿Por qué no hay copias de las ecografías? Deberían estar aquí.

Nikki frunció los labios.

–Tienes razón. Tengo una amiga ginecóloga. Voy a llamarla. Quizá se guardaron en radiología.

Mientras Pierce continuaba leyendo, Nikki desapareció. Quince minutos después, volvió con expresión irónica.

–No es por hacerte sentir viejo, pero resulta que en los ochenta, las ecografías no eran rutinarias. Lo normal era recurrir a ellas en embarazos de alto riesgo y ni siquiera en todos los casos, porque la tecnología era nueva y muy cara, y nadie estaba seguro de que fueran seguras al cien por cien.

–Vaya –dijo Pierce sorprendido–. Pensaba que se habían hecho siempre.

Pierce se incorporó y giró el cuello.

–Esto no nos está llevando a ninguna parte –dijo sintiendo la espalda agarrotada–. Había pensado llevarte a dar un paseo por aquí cerca, pero no con tu pie en ese estado. ¿Qué te parece si vamos en coche? Necesito salir y respirar.

–Ve tú solo –dijo Nikki–. Te mereces un descanso y hemos hecho suficiente por un día. Aunque si me llevas a mi casa, te lo agradeceré.

–¿Intentas deshacerte de mí?

Le sorprendía que la idea de que se fuera no le agradara. Con Nikki en su sofá, bebiendo su vino y sonriéndole con aquellos ojos azules, estaba disfrutando de su compañía más de lo que desearía.

–No, pero no quiero abusar de tu hospitalidad –dijo ella.

Pierce dejó los papeles en la mesa y se levantó.

–Te avisaré cuando eso ocurra, te lo prometo.

Tal vez fuera una fanfarronada, pero estaba deseando enseñarle su 300 SL. La llevó hasta el garaje y le abrió la puerta del coche. Aunque no era un completo fanático de los automóviles, tenía siete de todas las clases, desde una vieja moto a un tractor que usaba para segar.

Por suerte, Nikki se mostró impresionada.

–Es espectacular –dijo sentándose en el asiento del copiloto y acariciando la tapicería de cuero.

Pierce apartó la mirada de aquel gesto tan sensual.

–Es un Mercedes Benz descapotable de 1960. La pintura y los cromados son originales. Lo compré en una subasta cuando tenía diecisiete años y me pasé cinco años restaurando el motor y buscando piezas auténticas. Lo hacíamos mi padre y yo durante los veranos y los fines de semana.

De nuevo, sin pretenderlo, se estaba metiendo en territorio doloroso. Nikki permaneció en silencio. Cada vez que le contaba algo de su padre, no podía evitar pensar que no lo era.

Apretó los dientes y tomó la decisión de disfrutar de la compañía de Nikki durante el resto del día y olvidarse del motivo por el que se habían conocido.

Mientras daba marcha atrás para salir el garaje, ella frunció el ceño.

–¿Qué clase de adolescente compra un coche como este?

Pierce sonrió mientras salía por el camino de entrada a la calle y aceleraba.

–Antes de nada, tienes que saber que el motor estaba destrozado porque alguien echó una sustancia desconocida en el tanque de la gasolina. Además, el que lo vendía no sabía lo que tenía.

–Así que te aprovechaste de él.

–Era menor de edad –dijo Pierce encogiéndose de hombros–. Él era un adulto. Supuse que sabía lo que hacía.

–¿Y a tus padres les pareció bien?

–No del todo. Saqué dinero del fondo para mis estudios universitarios sin preguntar.

Ella se giró en su asiento y se llevó la mano a la cabeza para sujetarse el pelo.

—Oh, Dios mío. Yo te habría matado.

—Estuvieron a punto de hacerlo. Papá intentó devolver el coche, pero no pudo, así que como castigo no me dejaron tocar mi nuevo juguete durante seis meses. Y tuve que mejorar mis calificaciones.

—No creo que te fuera difícil. Pareces una persona inteligente.

—Me diagnosticaron trastorno por déficit de atención e hiperactividad. El colegio era una tortura.

—Pero me has contado que incluso hiciste un máster.

—Solo porque mis padres insistieron y mis profesores me apoyaron. Reconozco que tuve mucha suerte.

—Eso parece.

Era imposible pasar por alto la ironía de su comentario. Pierce tomó el desvío hacia Skyline Drive, al norte de Blue Ridge Parkway, y ajustó la velocidad.

—Ya hemos hablado suficiente de mí —dijo mirándola—. ¿Qué me dices de ti? ¿Dónde te criaste?

—En un sitio del que no habrás oído hablar en tu vida, un pequeño pueblo del medio oeste. Por eso me gustan tanto estas montañas.

—¿Todavía vive allí tu familia?

—No.

Era una pregunta normal, pero por su lenguaje corporal y el tono de su voz, captó el mensaje de que no quería hablar de ello. Por un lado, podía sentirse molesto porque ella sabía mucho de él, pero él nada de ella. Claro que el hecho de que le hubiera pedido que ahondara en su pasado le daba carta blanca para investigar e indagar. Pero él no podía hacer lo mismo, especialmente cuando era tan evidente que no quería contarle nada.

En vez de dejar que se echara a perder la noche por aquella situación tan incómoda, decidió olvidarlo. Le había dicho que los secretos eran peligrosos. No estaba tan seguro. A veces, estaba convencido de que la ignorancia era la felicidad. En su caso, esa máxima podía ser más cierta de lo que estaba dispuesto a admitir.

Nikki estaba en el paraíso. El viento en su pelo, un hombre fascinantemente atractivo a su lado... Ahora era libre, una mujer sin trabajo. Esa perspectiva la había tenido atemorizada, haciéndole pasar más de una noche en vela mientras consideraba a qué dedicarse durante la siguiente década de su vida.

La oferta de su antiguo profesor había sido halagadora y la había considerado muy seriamente. Al fin y al cabo, no iba a dejar ningún novio en Charlottesville. Tenía muchos amigos, pero no había nadie especial en su vida. Nadie quedaría desolado por su marcha.

Así que, ¿por qué no aceptar? Solo tenía que descolgar el teléfono y hacer una llamada. ¿Por qué se había puesto un plazo de seis semanas? ¿Iba a estar más preparada entonces para tomar una decisión?

Le había parecido una buena idea cerrar sus casos y tomarse un tiempo para reflexionar. Pero lo cierto era que probablemente habría acabado subiéndose por las paredes después de unos días sin hacer nada. La crisis de Pierce no podía haber surgido en mejor momento. Dedicándose plenamente a sus problemas, ella podía ignorar los suyos.

Mucho de lo que él estaba experimentando, ella lo conocía. Sabía lo que era la angustia por lo desconocido y quería ayudarlo. Dedicarle tiempo no sería un sacrificio. Su charla y su sentido del humor eran entretenidos y, aunque no tenía intención de sucumbir, era imposible pasar por alto la tensión sexual entre ellos.

Era difícil encontrar una pareja más desigual. Nikki disfrutaba de sus novelas, sus manuales de investigación, sus casos y su apartamento. Nada la hacía más feliz que perderse en una biblioteca o en una librería durante horas. Pierce disfrutaba del desafío entre el hombre y la naturaleza. Seguramente a Pierce le gustaba ir de acampada. Se estremeció ante aquel pensamiento. Su idea de un alojamiento perfecto era un hotel de cinco estrellas con desayuno incluido.

Pierce se salió de la carretera en el aparcamiento de uno de los miradores. El valle se extendía en toda su belleza bajo el atardecer.

Pierce rodeó el coche y le abrió la puerta.

–¿Crees que podrás caminar?

–Sí.

Salió y lo siguió hasta una mesa de picnic desde la que se divisaba toda la vista.

–Siéntate –dijo él dando una palmadita en la mesa.

Se acomodó a su lado. Cuando el silencio se volvió incómodo, Nikki se obligó a interrumpir aquella burbuja de intimidad que habían creado a su alrededor.

–Es precioso.

Había mucha humedad ese día y el ambiente era agobiante en aquella hora.

–Ya habías estado aquí antes, ¿verdad?

–Claro, pero hacía tiempo que no venía.

Pierce rozó suavemente su rodilla.

–Me gusta como eres.

Ambos estaban mirando hacia delante, con las caderas y los hombros alineados aunque sin tocarse. Tenía la nuca húmeda por el sudor. Pierce irradiaba calidez. El olor de su ropa y de su colonia era muy masculino.

Nikki entrelazó las manos sobre el regazo. Era tarde y estaban solos. Ese hecho la puso nerviosa no por él, sino por ella.

–¿Tienes novia?

La pregunta escapó de sus labios sin previo aviso. Se llevó la mano a la boca y Pierce sonrió.

–En este momento, no –dijo–. ¿Me preguntas como abogada?

–Claro. ¿Por qué si no iba a querer saberlo?

–Quizá porque quieres que te bese.

–Claro que no.

–Claro que sí.

Nikki se puso de pie de un salto, olvidándose de su pie herido.

–Ay.

Pierce acudió raudo a su lado y la tomó en brazos.

–Yo también quiero besarte –dijo bajando la voz–. Pásame el brazo por la nuca.

–Puedo caminar –insistió ella, sintiendo los latidos de Pierce junto a su mejilla.

Lo rodeó con el brazo como le había pedido y dejó la otra mano sobre su pecho.

–Pero no hace falta que lo hagas estando yo aquí –dijo él.

Apoyándose en la mesa de picnic, tomó su boca con la suya, acariciando suavemente sus labios. Aquel dulce beso era una tortura.

La sujetaba con delicadeza, pero sin estrecharla, por si quería soltarse.

–Bésame otra vez.

–Pensé que no querías que te besara.

–No te regodees. No resulta atractivo.

–Tú sí lo eres. Muy atractiva. De hecho eres condenadamente hermosa.

Como no sabía qué decir, cerró los ojos mientras la acariciaba con sus labios desde la ceja al párpado y a la nariz, para finalmente llegar a su boca.

–Debo de estar soñando.

Nikki no pudo evitar dejar escapar un gemido. El beso era casto hasta que su lengua empezó a jugar con la de él. El cuerpo de Pierce se estremeció y murmuró algo entre dientes antes de abrazarla, devorándola como si hiciera años que no besaba a una mujer. Era muy bueno. Ambos parecían desesperados el uno por el otro. Quizá fuera así como empezaba sus relaciones.

–Detente.

De algún sitio había sacado fuerzas para poner fin a aquel momento antes de que los arrestaran por exhibición obscena. Pierce había empezado a desabrocharle la blusa, pero se había quedado de piedra ante su imperativo.

Con la respiración pesada, volvió a dejarla sobre la mesa de picnic y dio un paso atrás para secarse la boca con el dorso de la mano.

–No he empezado yo.

–No he dicho que lo hicieras, pero preferiría no comparecer ante un juez como acusada. Cinco minutos más y nos hubieran pillado en…

–¿Flagrante delito?

–¡Pero si conoces términos jurídicos!

–Ese lo aprendí en el instituto, el verano en el que mi vecino empezó a robarle revistas de contenido para adultos a su padre.

Ella levantó la mano.

–No digas más. No conozco las disposiciones legislativas en la materia.

Pierce se cruzó de brazos.

–Creo que nos hemos desviado del tema principal.

Parecía estar dispuesto a una buena discusión.

Por suerte, para ella discutir era algo tan natural como respirar.

–No estábamos hablando de nada –dijo ella con calma–. Tan solo estábamos disfrutando del paisaje.

Él bajó la mirada a sus pechos.

–Hay mucho de lo que disfrutar.

Sintió que los pezones se le endurecían. La sensación le resultó tan incómoda que se mordió el labio. Cuando Pierce ponía esa mirada, se sentía la mujer más sexy del mundo. Como no tenía un guion para esa situación, estaba improvisando y eso la ponía nerviosa. En parte, para ser una buena abogada, era necesario preparación para que nunca la pillaran desprevenida.

Aquello con Pierce la había pillado en un momento vulnerable. Emocionalmente desequilibrada por el giro en su carrera, no se sentía preparada para resistir un caso agudo de atracción sexual.

Y aunque estaba segura de que el sentimiento era mutuo, Pierce no parecía precisamente la imagen de un hombre que se lo estuviera pasando bien.

Se llevó las rodillas al pecho y las abrazó.

–Puedo explicar lo que ha pasado. Es muy sencillo.

Pierce se sintió frustrado. Sabía que Nikki había hecho lo correcto al poner fin a aquel momento de coqueteo en público. Pero eso no significaba que le gustara.

—Tú dirás —dijo él—. Soy todo oídos.

Nikki esbozó una sonrisa apaciguadora.

—Estás molesto. Para un hombre, la manera más sencilla de olvidarse de sus problemas es teniendo sexo.

—No he tenido sexo —señaló.

Había tenido una enorme paciencia, considerando el hecho de que se había quedado a pocos segundos de empujarla sobre la mesa y salirse con la suya.

Ella se sonrojó.

—Quiero irme a casa, por favor. Seguiremos hablando mañana, después de una buena noche de descanso.

—No me interesa hablar.

Ella suspiró.

—Se supone que tengo que ayudarte con tu problema, no coquetear.

—Estoy seguro de que lo que acabamos de hacer está muy lejos de poder considerarse coqueteo. Y no necesito que me digas cómo vivir mi vida.

—Me contrataste tú, ¿recuerdas?

Una pequeña arruga se le formó en el entrecejo, lo que indicaba que estaba enfadada. Bueno, él tampoco estaba muy contento con ella.

—Métete en el coche. Se ha hecho tarde ya.

El camino de vuelta a la ciudad lo hicieron completamente en silencio. Nikki iba sentada derecha, con la mirada fija fuera del parabrisas. Había dejado de sujetarse el pelo y el viento lo alborotaba en todas las direcciones.

Pierce tenía la sensación de que aquel comportamiento era fingido. Nicola Parrish era una estirada. No había nada espontáneo o divertido en ella.

Incluso al pensarlo, sabía que no era cierto. Estaba de mal humor porque había sido ella la sensata. Además, se sentía incómodo por el hecho de que le hubiera llevado al límite a una velocidad vertiginosa. Como un adolescente de dieciséis años, había estado ciego y sordo a todo excepto a las necesidades de su cuerpo.

—Perdóname.

—¿Por qué? —dijo ella mirándolo.

—Por enfadarme. Tenías derecho a pararme.

—A pararnos —lo corrigió—. No has sido el único culpable de esa locura.

Aquel tono remilgado volvía a enfadarlo.

—Quiero preguntarte algo y quiero que me digas la verdad.

—¿El qué?

—Esos informes médico han resultado ser una pérdida de tiempo y dinero, ¿verdad? No hemos sacado nada.

Nikki apartó la mirada.

—Sí, es verdad. Pero desde el punto de vista legal, teníamos que empezar por alguna parte. Creo que el siguiente paso tienes que proponerlo tú. Esta tía abuela que mencionaste, ¿todavía vive?

—Sí, vive en una residencia en Richmond. Mi madre visita a tía Trudie una vez al mes, o al menos lo hacía hasta que papá enfermó. Me avergüenza decirlo, pero mi padre y yo no hemos visto a Trudie desde hace años. Tiene noventa y dos. Tengo entendido que su mente está tan lúcida como siempre.

Se detuvo ante el edificio de Nikki y apagó el motor. Girado en su asiento, se quedó mirándola mientras se mesaba el cabello.

–¿Y ahora qué? –preguntó él, tamborileando con los dedos en el volante.

Nikki hizo una mueca.

–Tengo unos asuntos de los que ocuparme. ¿Por qué no te pones en contacto con tu tía para organizar una visita? Luego, llámame.

–¿Cuándo quieres que te llame?

Nikki salió del coche y cerró la puerta con cuidado.

–Dame cuarenta y ocho horas. Acabaré unos asuntos personales antes de irnos. Pero necesitaré mi coche.

–Te lo traeré por la mañana. Puedes invitarme a desayunar.

–No se me da bien cocinar –dijo mirándolo–. Eres muy guapo.

Pierce salió del coche.

–Podría acompañarte y asegurarme de que todo esté bien.

–¿Cómo qué? –preguntó arrugando la nariz.

–Ya sabes: ladrones, monstruos, ese tipo de cosas.

–Estaré bien. Llevo mucho tiempo llegando sola a casa.

–No te lo he preguntado, ¿verdad?

—¿Preguntarme qué?

—Si tenías novio…

—Sabes que no. Una mujer que tuviera novio, nunca besaría a un hombre como te he besado.

—Algunas lo harían.

—Yo no.

—Bueno, entonces me alegro.

—¿Por qué?

—Porque tendría que espantarlo.

Ella esbozó una sonrisa divertida, señal de que no le había importado su bravuconada.

—Ahora, vete. Buenas noches, Pierce.

Rodeó el coche y se quedó junto a ella en la acera. Sin esperar a que le diera permiso, deslizó las manos por su pelo, la hizo ladear la cabeza y la besó.

Le temblaban las manos y, al saborearla, su mente se quedó en blanco. Lo único que podía hacer era sentir su piel aterciopelada, sus labios temblorosos, su pelo sedoso entre los dedos…

Aunque no se había dado cuenta de cómo había ocurrido, lo estaba rodeando por la cintura. Era alta, pero él era más alto todavía. Su esbelta figura parecía quebradiza entre sus brazos. Una sensación de ternura lo invadió.

—Pídeme que suba —susurró, mordisqueándola el cuello.

Estaban tan cerca que Pierce sabía que podía sentir su erección.

—No puedo hacerlo —dijo ella suavemente—. Y de nuevo, estamos en un lugar público.

–Llévame dentro y te lo mostraré.

Había pretendido que el comentario fuera jocoso, pero al final su voz se transformó en un gemido cuando Nikki le deslizó la mano por la cintura, bajo la camisa. Aquel simple roce hizo arder su piel. Esta vez fue él el que echó el freno.

–Suficiente –dijo–. Venga, entra ahora mismo.

Ella se apartó con la mirada perdida y los labios hinchados por los besos.

–Está bien –dijo dando tres pasos atrás–. Buenas noches.

–¿Tienes miedo de mí?

–Sí.

Su sinceridad lo dejó de piedra.

–No tienes por qué. Puedes confiar en mí.

–No es esa clase de miedo. Tengo miedo de que me distraigas de lo que quiero hacer con mi vida. Eres avasallador. Estoy segura de que acabaremos juntos si esto continúa adelante.

–Te lo diré otra vez: no tienes que tener miedo de mí.

Pierce dio la vuelta y caminó hasta el coche. Al sentarse en el asiento del conductor y mirar atrás, ella había desaparecido.

Nikki se puso su pijama más cómodo y se sentó en el sofá a ver una película.

Su cabeza no dejaba de dar vueltas. ¿Qué le había pasado a Pierce siendo niño? ¿Estaría mintiendo su madre? ¿Se llevaría un gran disgusto cuando descubrieran la verdad? Y cuando eso ocurriera, ¿perderían el contacto?

¿De verdad quería acostarse con ella? ¿Creería inconscientemente que si se hacían amantes dejaría de insistir para obtener respuestas?

En la pantalla, Meg Ryan sonreía al héroe. Nikki conocía la sensación. Se consideraba una mujer fuerte y realista. Pero había algo en Pierce Avery que le provocaba una angustia adolescente que no había sentido en mucho tiempo. Aquella sensación de no encontrar el equilibrio era difícil de sobrellevar, especialmente cuando él necesitaba tanto de sus servicios profesionales.

Además, estaba el asunto de su trabajo. No podía distraerse en un momento tan crucial. Sería muy fácil en una relación puramente física con Pierce. A la mayoría de las mujeres les costaría decirle que no. Pero si Nikki usaba el sexo para evitar enfrentarse a las preguntas importantes, estaría causando un gran perjuicio a ambos.

Dos horas más tarde, cuando la película terminó, miró adormilada la hora. Aunque tenía muchas cosas que hacer al día siguiente, no tenía nada organizado.

Lo último en lo que pensó antes de quedarse dormida fue en la manera en que los ojos de Pierce se arrugaban cuando sonreía.

Capítulo Cuatro

Pierce esperó treinta y seis horas antes de llamar a su abogada. Le había pedido que esperara cuarenta y ocho, pero estaba tan ansioso que no quería perder otro día. En el poco tiempo que había pasado desde que había estado con Nikki, había tenido una incómoda conversación con su madre. Aunque su padre estaba estable, el estrés del hospital, unido al secreto que ocultaba a su marido, la tenían extenuada.

Por eso, Pierce decidió que debía comportarse en adelante. Nada de tontear con Nicola Parrish. Su prioridad debía ser encontrar la verdad sobre su familia. Pero cuando Nikki contestó el teléfono al tercer timbre, los latidos se le aceleraron. Parecía recién levantada y su imaginación dibujó la imagen de una rubia de piernas largas sonriente y vistiendo un picardías.

–Tengo todo preparado –dijo después de aclararse la voz–. ¿Puedes estar preparada mañana a las ocho?

Se hizo una pausa y se oyó el sonido de un papel.

–Sí.

–He reservado dos habitaciones de hotel por si tenemos que quedarnos a pasar la noche. Lleva ropa cómoda y un bañador. Por lo que recuerdo, a tía Trudie le gusta dormir, así que tal vez tengamos que ir a verla varias veces. Puede que nos lleve más tiempo de lo que pensamos.

—¿Has hablado directamente con tu tía?

—Mi madre la ha llamado y le ha dicho que vamos a ir a verla. Evidentemente, no queremos molestarla. Puede que no recuerde todos los detalles. Ha pasado mucho tiempo y es muy mayor.

—Pierce, ¿qué piensas hacer si llegamos a un punto muerto?

Pierce sintió un nudo en el estómago. No se había parado a considerarlo.

—Me lo plantearé cuando llegue el momento. Sinceramente, no me importa si nunca lo averiguo. Estoy haciendo esto por mi madre.

—Puede que pienses eso, pero no es cierto. Te guste o no, los interrogantes nunca desaparecerán. Estaré lista por la mañana. Intenta no preocuparte.

Después de una noche en blanco, Pierce se levantó de la cama y se dio una ducha fría para despejarse. Estaba nervioso y un poco asustado. Las probabilidades de obtener información de su tía eran escasas, pero, además de sus padres, ella era la única persona que podía arrojar algo de luz a aquella insostenible situación.

Había preparado su bolsa de viaje la noche anterior y lo único que le quedaba por hacer era guardar el neceser y tomar un buen desayuno. Animado y hambriento, le mandó un mensaje a Nikki: «¿Desayunamos de camino?».

Su respuesta fue inmediata: «La mañana siguiente pero sin noche previa... interesante».

De repente, su decisión de que aquello era solo un asunto de negocios se desvaneció. Iba a pasar el día con una mujer guapa e inteligente, de cuya compañía disfrutaba enormemente. No era un mal comienzo.

Al aparcar ante la entrada del edificio de Nikki, ella salió. Salió del coche, abrió el maletero y cargó con las bolsas de Nikki.

—¿Necesitas llevar algo de esto delante?

—No —dijo ella negando con la cabeza—, pero será mejor que desayunemos pronto o me voy a poner insoportable.

—No te preocupes —dijo él cerrándole la puerta antes de rodear el coche hasta su lado—. Voy a llevarte a un pequeño restaurante que hay al salir de la ciudad. Muchos granjeros de la zona lo frecuentan. Es la prueba de que tiene que ser bueno.

Pierce estudió a su acompañante. Llevaba unos pantalones negros con una chaqueta a juego y una blusa turquesa, y apenas le había hablado en los cinco minutos que llevaba comiendo.

—Dentro de unas horas volveré a darte de comer —dijo él, tocándola en el brazo.

—¿Insinúas que como demasiado?

—En absoluto. Me gusta que una mujer disfrute de la comida.

—Lo quemo todo. Los nervios me hacen consumir mucha energía.

De repente fue como si el ruido cesara y quedaran en una burbuja de silencio.

La pálida piel de Nikki se puso roja del cuello al pelo. No había sido su intención que su comentario tuviera una connotación sexual, pero así lo había interpretado él.

Pierce se pasó la mano por el pelo.

—Creo que será mejor que hablemos de ello.

—¿Hablar de qué? —preguntó ella con la mirada fija en su plato.

—Ya sabes, de esta inoportuna atracción.

—No sé a qué te refieres. Parece el título de una mala película.

—Hablo en serio, Nikki. Ayer me dije que me iba a concentrar en resolver ese maldito misterio, pero cuando estoy contigo, lo único en lo que puedo pensar es en cuándo vamos a acostarnos.

Ella levantó la mirada. Sus ojos estaban más oscuros que de costumbre y sus pupilas dilatadas.

—¿Vamos a hacerlo? —preguntó sonriendo.

—Eso espero. Cuando fui a tu despacho, nunca imaginé que esto pudiera ocurrir. Pero es imposible ignorarlo. Te dije que te ayudaría a relajarte. No incluía sexo cuando lo dije, pero ahora sí.

Nikki apoyó la cabeza en la mano, con el codo sobre la mesa.

—Eres muy directo.

–Sé lo que quiero.

–Somos muy diferentes, Pierce. Y para ser sincera, no es mi estilo acostarme con un hombre con el que no tengo futuro.

–¿Por qué dices eso?

–Vamos, venga. No puedes estar tan ciego. Te ganas la vida trabajando al aire libre. Remas, escalas, haces acampada... Yo no sé nadar, me dan miedo las alturas y odio los bichos. Somos todo lo opuestos que pueden ser dos personas.

–¿Me estas diciendo que un hombre tiene que pasar algún tipo de prueba prematrimonial antes de que te acuestes con él?

–Por supuesto que no. En primer lugar porque no me he acostado con tantos hombres. Soy muy selectiva y no quiero perder el tiempo con gente que no me atraiga.

–¿Entro en esa categoría?

–¿Buscas halagos?

–Tal vez.

Se sorprendía de que le preocupara tanto lo que ella pensaba de él.

–Creo que eres atractivo y divertido y un buen tipo, aunque sé que a los hombres no os guste especialmente oír esto último. Estás pasando por un mal momento en la vida, pero no te haces la víctima. Parece que te preocupas por lo que tu madre quiere y necesita, y eso lo encuentro encantador. Y aunque no te gusten los abogados, me has dado la oportunidad de demostrarte que no todos son unos rastreros. Del uno al diez, te doy un ocho.

–¿Solo un ocho después de todos esos atributos?

–Pierdes el norte en lo que a arrogancia y paciencia se refiere.

–Está bien. Entonces, lo que me estás diciendo es que no podemos acostarnos porque queremos cosas diferentes en la vida.

–Supongo que puede decirse así.

Él se encogió de hombros y levantó la mano para pedir la cuenta. Cuando la camarera se la trajo, miró la factura, sacó un par de billetes de veinte y le dijo que se quedara con el cambio.

–Será mejor que nos vayamos –dijo él poniéndose de pie y ofreciéndole la mano.

Ella la tomó sin dudarlo, provocando que se le quedara la boca seca y el cuerpo se le tensara. Si un simple roce lo afectaba de aquella manera, estaba en serios problemas.

En el coche, Nikki se puso el cinturón y suspiró.

–¿No quieres hablar de esto que hay entre nosotros? Convénceme de que me deje llevar.

Él descansó las manos sobre el volante, sin mover el coche. Aun sin mirarla, no podía dejar de reparar en su olor, en su alegría, en el sonido de su voz.

–¿Debería?

–No sé qué quieres que diga.

–No digas nada. Si tiene que pasar, pasará. De momento, acabemos con lo otro. Mi vida parece una telenovela y estoy deseando que este episodio acabe de una manera u otra.

***

Nikki encendió la radio y eligió una emisora que emitía una mezcla de rock clásico y música actual.

Pierce iba a llevarse un buen chasco si su tía no resultaba de ayuda. Nikki tenía la sospecha de que todo aquel misterio tenía su origen en la noche en que Pierce nació en el hospital. Aquella anciana podía ser la clave para aclarar el pasado.

Por desgracia, la abogada que había en ella no podía resistirse a hacer preguntas. Además, tal vez le viniera bien a Pierce hablar. Seguramente eso sería mejor que las batallas que debían de estarse librando en su cabeza.

–Háblame de tu tía abuela. ¿Por qué están tan unidas tu madre y ella?

Pasaron unos segundos antes de que contestara, como si sus pensamientos estuvieran muy lejos. Puso el intermitente y adelantó a un camión antes de volver a la derecha.

–Mi abuela materna murió de neumonía cuando mi madre tenía cuatro años. Mi abuelo pertenecía a una generación que no pensaba que educar a un niño fuera su responsabilidad. Entonces entró en escena tía Gertrude. Era diez años mayor que mi abuela y ya se había casado y divorciado cuando mi madre nació. Fue un gran escándalo, porque además había desafiado la tradición y había estudiado medicina. Muchos en la familia pensaron que esa había sido la causa del fracaso de su matrimonio.

–¿Tuvo hijos?

–Una hija. Para que mi madre no se sintiera desamparada, se fue a vivir a Charlottesville, compró una casa, encontró un trabajo en uno de los hospitales locales como ginecóloga y se llevó a mi madre con ella.

–Vaya, eso es dedicación.

–Desde luego. Y por lo que sé, mi madre la considera como su madre.

–Tiene que ser una sensación extraña que tu madre te atienda en el parto.

–Ahora sí, pero en aquellos días no. De todas formas, no era la doctora de mi madre. Parece ser que cuando se puso de parto, había una epidemia de gripe. Muchos médicos y enfermeras estaban enfermos, así que todos los que libraban esa noche fueron llamados para cubrir las bajas. Me han contado la historia una docena de veces. Tía Gertrude, de sesenta y pocos años cuando nací, hizo un turno de treinta y seis horas en urgencias.

–Estoy deseando conocerla –dijo Nikki–. Debe de ser una mujer increíble.

–Lo es. Creo que tenéis mucho en común.

Enseguida llegaron a Richmond. El nerviosismo de Pierce casi era tangible. La residencia en la que vivía Trudie estaba ubicada en un lugar agradable, lleno de grandes árboles, jardines con flores y viviendas de clase media. Llegaron al aparcamiento de visitantes y Pierce permaneció paralizado durante largos segundos.

Nikki le tocó en el hombro.

—Vamos, entremos. Quedarte aquí sentado no te ayudará a sentirte mejor.

Salió del coche y la siguió hasta la entrada.

—Tiene que presentir que pasa algo. Siempre la he visto en casa de su hija, pero nunca aquí. Hace mucho tiempo que no la veo.

—No importa. Seguro que se alegrará de que la visite su sobrino nieto.

Dentro, el ambiente era tranquilo y razonablemente alegre. Olía a una mezcla de comida, productos de limpieza y linimentos. Pierce se identificó en la recepción y el personal se mostró solícito.

La habitación de Gertrude estaba a la vuelta del pasillo. Nikki se hizo a un lado mientras Pierce llamaba a la puerta.

—Pase —contestó una voz débil.

Nikki dejó pasar a Pierce primero y lo siguió dentro. Tenía un nudo en el estómago ante la perspectiva del encuentro.

Gertrude estaba sentada en una silla de ruedas junto a la ventana, vestida con un pijama azul claro. El cabello blanco le enmarcaba la cara, que más parecía la de un hombre por sus rasgos afilados. Una nariz larga y unos ojos negros saltones destacaban en un rostro que en su tiempo debió despertar respeto y admiración.

Aun sentada, se adivinaba que Gertrude era

una mujer alta. Tenía los hombros hundidos y descansaba sus manos arrugadas sobre el regazo, pero por su postura, era evidente que estaba expectante. No sonrió al ver a Pierce. Si acaso, palideció.

–Hola, tía Gertrude –dijo Pierce inclinándose para darle un abrazo–. Esta es mi amiga Nicola Parrish. Espero que no te importe que la haya traído.

–Claro que no. Hola, joven. ¿Sois novios?

–No, señora, solo somos amigos.

–¿Con derecho a roce? Estoy al día con la jerga moderna. No se puede mantener la cabeza despierta si lo único que haces es ver la televisión. Leo tres periódicos cada día y, cuando puedo, bajo a la sala de ordenadores y consulto en Internet lo que necesito saber.

Pierce tomó un taburete y se sentó junto a su tía.

–¿Cómo te sientes, tía Trudie?

–Tengo mis días buenos y mis días malos. Cuando uno tiene noventa y dos años, conseguir defecar es todo un triunfo.

Nikki contuvo la risa al ver la expresión de Pierce.

–¿Tienes amigos aquí? –preguntó él, tratando de mantener la compostura.

–Tan solo un par, porque no dejan de morirse. No es agradable sobrevivir a tu generación. No sé por qué el Señor me mantiene aquí, pero mientras tanto, haré todo el bien que pueda. La semana pasada di un seminario a estos carcas sobre enfermedades de transmisión sexual y sida. Te sorprendería saber lo que pasa aquí cuando apagan las luces.

Pierce, con una sonrisa en los labios, se puso de pie y miró por la ventana hacia los rosales.

—Me alegro de que estés ocupada —dijo.

Por unos segundos, Nikki pensó que iba a amilanarse. Pero se equivocaba. Quizá Pierce no quisiera estar allí, pero era un hombre fuerte y con coraje. Y le había prometido a su madre llegar hasta el final. Aunque no parecía dispuesto a admitirlo, en el fondo estaba haciendo aquello por él también.

Apoyó la mano en la ventana, suspiró y se giró, apoyándose en el alféizar.

—Necesito hablar contigo, tía Trudie, de algo importante.

Su sonrisa se desvaneció.

—¿De qué? —preguntó la anciana, aferrándose al reposabrazos.

—La noche que nací…

Sin previo aviso, sus ojos se pusieron en blanco y se desplomó hacia un lado.

Pierce se acercó raudo y la sujetó para que no se cayera de la silla. Nikki buscó el botón de llamada y cuando lo encontró, llamó a la enfermera.

—Habitación setecientos trece, vengan rápido. La paciente se ha desmayado.

La siguiente media hora fue caótica. Enseguida llegaron médicos. Después de estabilizar a Gertrude, la levantaron con cuidado, la colocaron en una camilla y la metieron en una ambulancia.

Pierce y Nikki se metieron en el coche y fueron detrás.

En el hospital, las horas pasaron con una lentitud agónica. Después de que les informaran de que Gertrude sería ingresaba en cuidado intensivos, Pierce estuvo hablando con la residencia durante media hora, ocupándose de las formalidades. También llamó a su madre, que se puso frenética porque no podía dejar a su padre. La hija de Gertrude había muerto tres años antes, así que la madre de Pierce era el familiar más cercano.

Cuando volvió a sentarse a la sala de espera, Nikki estaba preocupada por él. El estrés le había dibujado unas marcas profundas en el entrecejo y en las comisuras de los labios. Se sentó a su lado y le dio una taza de café.

—Bébete esto y dime qué te apetece comer.

Hacía horas que habían desayunado y no habían comido nada desde entonces.

—No tengo hambre.

—¿Qué va a hacer tu madre?

—Nada. Tengo que mantenerla informada.

Nikki miró su reloj.

—La hora de visita de cuidados intensivos es dentro de cinco minutos, y la siguiente esta tarde a las ocho. ¿Quieres ir a verla?

Pierce echó la cabeza hacia atrás y cerró los ojos, con la taza apoyada en el pecho.

—¿Y si no le conviene verme? Han dicho que ha tenido una pequeña apoplejía.

—No ha sido culpa tuya. Tiene noventa y dos años.

Pierce se levantó de golpe, arrojó la taza de papel a la basura y dio un puñetazo a la pared.

–Lo sabe –dijo–. Sabe lo que ocurrió, lo vi en su cara. Si muere, nunca me enteraré de la verdad –dijo apretando los puños.

Al verlo de aquella manera, Nikki evocó algo que conocía muy bien: el miedo, la angustia, la sensación de traición... Una oleada de empatía y compasión la invadió y sintió la necesidad de reconfortarlo.

–Vámonos al hotel –dijo ella con suavidad–. En el hospital tienen tu teléfono. No tiene sentido que nos quedemos aquí.

De camino al coche, Nikki lo detuvo.

–Creo que debería conducir yo. No estás en condiciones de ponerte detrás del volante.

Después de pensárselo unos segundos, Pierce le entregó las llaves. En menos de quince minutos, estaban en la entrada semicircular de un lujoso hotel.

–Podíamos habernos quedado en un motel cerca de la carretera –dijo Nikki, consciente de que Pierce insistiría en pagar las dos habitaciones.

–Aquí estaremos mejor.

Enseguida apareció un botones que se hizo cargo del equipaje del maletero y al que Pierce dio una generosa propina.

–Vamos a registrarnos –dijo él, tomando a Nikki por el codo.

Ya en el ascensor, Pierce se quedó en silencio. Estaba totalmente abstraído y Nikki sintió lástima por él. En cuestión de días, su mundo se había derrumbado.

Al llegar a su planta, un botones diferente los estaba esperando. Llevó las cosas de Nikki a una habitación y las de Pierce a la de al lado. Después de que los dejará, Nikki se encontró en mitad del pasillo, preguntándose cuál debería ser su papel en aquel drama. Quizá lo mejor que podía hacer por Pierce era comportarse con naturalidad.

Tuvo que pronunciar su nombre dos veces para captar su atención.

—¿Por qué no pides algo al servicio de habitaciones? —dijo ella—. Me gusta todo. Iré a darme una ducha y a ponerme unos vaqueros. Volveré en treinta minutos, cenaremos juntos y te contaré la historia de mi vida.

Aquello pareció sacarlo de su nube.

—¿De veras?

—Creo que ha llegado el momento.

Después de ducharse, Nikki se quedó junto a la cama, con la maleta abierta. Había metido en ella un conjunto de lencería, consciente de que por lo persuasivo que era Pierce y por la fuerte atracción que había entre ellos, había muchas posibilidades de que acabaran juntos. Aun así, no estaba segura.

Descalza, tomó la llave, salió al pasillo y llamó con los nudillos.

Pierce abrió enseguida.

—Justo a tiempo. Acaban de traer la comida.

Estaba descalzo y también se había puesto ropa cómoda.

—Algo huele muy bien.

La habitación tenía un pequeño salón, con un sofá plegable y una mesa de centro en la que Pierce había puesto los platos.

—He pensado que las hamburguesas eran una opción segura. Espero que estén buenas.

De hecho, estaban deliciosas. Lo que no estuvo bien fue el tenso silencio que se hizo mientras comían.

—¿Han llamado del hospital? —preguntó ella.

—He llamado yo —contestó él sin dejar de comer—. Está estable.

—Eso es bueno.

—Sí.

Nikki se acercó a él y lo rodeó por la espalda.

—Háblame, Pierce. Si sigues guardándote todo, vas a explotar.

Él se quedó inmóvil, con la hamburguesa en la mano, y la miró.

—Así que ahora eres abogada y psicóloga.

—Se me da bien oír. Si te hace sentir mejor, enfádate conmigo. De momento, soy el único apoyo con el que cuentas.

Avergonzado, Pierce dejó de comer. Se levantó para evitar su contacto y empezó a pasear. Nikki había estado a su lado durante todo el día, firme como una roca.

—Siento desahogarme contigo —dijo bruscamente, y se sentó al borde de la cama—. Mi única excusa es que me desagrada no tener el control y esta situación me está volviendo loco.

—Te agradezco la disculpa, pero te entiendo. ¿Qué vas a hacer?

Pierce se encogió de hombros, deseando saberlo.

—Si la mandan a casa, esperaré y volveré a intentarlo. Quién sabe cuánto tiempo la tendrán ingresada.

—¿Y si se niega a contarte nada o te dice que no sabe?

—No creo que sea capaz de mirarme a los ojos y mentirme. Viste su cara. Esa mujer sabe por qué no soy un Avery. En cuanto esté estable, volveré a preguntarle.

—Yo haría lo mismo.

En sus ojos vio algo más que compasión. Era como si ella hubiera pasado por lo mismo. Un hijo que no era un hijo.

—Me dijiste que me ibas a contar algo —dijo él en un intento por animarse.

Nikki estaba muy guapa. Se cruzó de piernas, lo que le hizo recordar que había más en juego que el asunto de su origen. ¿Sería recíproco o estaría condenado a desearla para siempre?

—Cuéntame tu historia. Estoy deseando escucharla.

Se llevó las rodillas al pecho, en un gesto que empezaba a ser característico en ella.

—Crecí en un orfanato regentado por una iglesia. No tengo ni idea de cómo murieron. De hecho, estoy segura de que al menos uno de ellos estaba vivo cuando tenía trece años, porque cada vez que preguntaba por qué no me adoptaban, me decían que no era posible. Cuando por fin pude ser candidata, era demasiado tarde. Nadie quiere adoptar a una adolescente.

La miró sorprendido, sin saber qué decir.

—Pero fuiste a Harvard.

—Resultó que era una niña muy inteligente. Un asistente social me ayudó con las becas y demás.

—¿Y el instituto?

—Fue una pesadilla. Todo el mundo sabía quiénes eran los chicos del centro de acogida. Era un pequeño pueblo y no había secretos. Nunca me invitaron a fiestas, ni a bailes, pero sobreviví.

Aquello lo conmovió. ¿Cómo podía una mujer tan fuerte, lista y capaz como Nicola Parrish tener unos orígenes tan modestos?

Él se levantó y volvió a sentarse junto a ella en el sofá.

—¿Sabes algo de tus padres?

—No tengo ni la más remota idea —dijo, y se detuvo antes de continuar—. Lo siento, no suelo enfadarme al hablar de ello. Supongo que lo que ha pasado hoy me ha afectado —añadió, y los ojos se le llenaron de lágrimas—. Creo que la razón por la que me convertí en abogada fue para poder indagar en mis raíces. Pero en el estado en el que nací, al igual que en muchos otros, los informes sellados quedan sellados para siempre. Aunque nunca me adoptaron, la persona que me dejó en el orfanato se aseguró de que nunca conociera la identidad de mis padres.

—No sé qué decir. ¿Sigues investigando?

–No, ya no. Me obsesioné tanto que cuando tenía veintipocos años enfermé. Pasó un año hasta que comprendí que el pasado tenía que permanecer enterrado. Quiénes eran mis padres, por qué no me quisieron, cómo murieron… todo eso forma parte de un misterio sin resolver.

–No puedo ni imaginar lo que debiste sufrir.

–Cuando dijiste que no querías saber quién era tu verdadero padre, me enfadé y me puse triste. Si todo esto sale bien, vas a acabar teniendo dos familias en vez de una. A las personas que te criaron no les importará cómo acabaste con ellos; eres su hijo en todos los sentidos. Al igual que si descubrimos la identidad de tus padres biológicos, estarán encantados de tenerte como hijo. Tienes más suerte de lo que piensas.

Sabía que lo que decía tenía sentido, sobre todo teniendo en cuenta su pasado, pero por mucho que lo intentara, solo podía sentir rabia y dolor por la destrucción de su vida personal. Por si eso fuera poco, se sentía culpable de que sus padres hubieran perdido al hijo que se suponía que era de ellos.

Pierce dejó a un lado sus preocupaciones y abrazó a Nikki, haciéndola apoyar la cabeza en su pecho.

–Ven aquí, mi querida abogada –dijo acariciándole el pelo–. Deja que te abrace.

Ella no protestó, ni siquiera dijo nada. Se limitó a acurrucarse a su lado y a rodearlo por la cintura. Él la abrazó con fuerza mientras su cabeza se llenaba de imágenes de cuando ambos era niños. Pierce recordó el orgullo de sus padres cada vez que había recibido sus trofeos de fútbol y atletismo, y las muchas veces que habían acudido a su colegio a presenciar discursos y entregas de premios.

Lo cierto era que sus padres eran los que deberían haber recibido los elogios. No había sido un niño fácil, pero le habían mantenido por el buen camino. Día a día, mes a mes, habían trabajado con él hasta que había tenido la suficiente confianza en sí mismo para darse cuenta de lo inteligente que era.

¿Quién había hecho lo mismo por Nikki? Nadie. Gracias a Dios que aquel asistente social la había ayudado a llegar a la universidad. ¿De qué había vivido Nikki? ¿Quién había pagado sus facturas? Por lo que sabía, había salido adelante sola.

Le acarició el pelo, disfrutando de su olor y textura. Poco a poco, su cuerpo empezó a darse cuenta de que una mujer sexy y encantadora estaba acomodada en su regazo. Su respiración se hizo pesada. Sus brazos temblaron. Su sexo despertó.

No era momento para pensamientos carnales. Lo único que quería era reconfortarla, como ella lo había reconfortado a él. Pero su cuerpo tenía otros planes. Poco a poco empezó a soltarla, pero ella se aferró a él.

—No te vayas —susurró—. Me gusta estar así.

Él contuvo el aliento, confiando en ser lo suficientemente fuerte para seguir abrazándola sin que las cosas llegaran más lejos.

Llegó un momento en el que ella se dio cuenta de por qué había intentado apartarse de ella. Se incorporó bruscamente, con las mejillas encendidas y los ojos somnolientos.

–Pierce, quiero que me lleves a la cama –dijo ella sonriendo.

Él se quedó de piedra.

–Eh, bueno, yo...

Nikki tomó una de las manos de Pierce y la colocó sobre uno de sus pechos.

–Me gustas mucho. Me haces sentir cosas buenas y no, no ha cambiado mi opinión de lo mala pareja que hacemos, pero ha sido un día muy largo y me gustaría pasar la noche contigo.

Sencilla, directa y dolorosamente sincera. Pierce tuvo que tragar saliva antes de hablar.

–A mí también me gustaría –dijo deslizándole un dedo por el cuello.

–Tus trajes de abogada me excitan –murmuró–, pero también me gusta esta ropa...

Lentamente le desabrochó la blusa, incapaz de escuchar algo que no fueran sus latidos. Cuando se la abrió, descubrió que llevaba una camisola de seda. Sus pechos eran pequeños, pero perfectos, y sus pezones se adivinaban bajo el fino tejido.

–Eres preciosa. Nunca he visto un cuerpo tan perfecto –dijo mientras le quitaba la blusa.

Su piel era pálida y suave, y tenía curvas en los sitios adecuados. No llevaba sujetador, así que se entretuvo un buen rato acariciando las prominencias femeninas.

Nikki dejó caer la cabeza hacia atrás sobre el brazo de Pierce, con los ojos cerrados y los labios abiertos mientras respiraba entrecortadamente.

Se puso de pie y la tomó en brazos. En tres pasos rápidos, la dejó en el colchón, separándose de ella solo para quitarse el cinturón. Se dejó la camisa y los pantalones para no precipitarse. A pesar de lo mucho que la deseaba, quería amarla lentamente.

Nikki lo sorprendió quitándose ella misma los vaqueros. Las bragas apenas eran dos triángulos cubriéndole sus secretos más íntimos. Apartó las sábanas y se tumbó en la cama, con los brazos sobre la cabeza. Tenía una de las piernas dobladas, con el pie debajo del trasero.

–Cuento con que tengas aguante –dijo con una sonrisa traviesa–. Todo ese ejercicio aeróbico que haces tiene que servir para algo.

Sonrió. Nikki lo desafiaba a la vez que le hacía reír.

–Sabía que había una razón para estar en forma –dijo él colocándose a su lado y poniéndole una mano en su vientre plano.

–Pierce...

La manera en que pronunció su nombre hizo que el vello se le pusiera de punta. Era toda una sorpresa descubrir que bajo aquella fachada de abogada infalible había una mujer sensual con un cuerpo de infarto que le volvía loco.

Lentamente, Pierce deslizó su mano hasta que sus dedos llegaron a las diminutas bragas.

–¿Quieres que te acaricie?

—Sí, sabes que sí.

En vez de continuar bajo la banda elástica, siguió avanzando hasta donde el tejido estaba húmedo. Nikki se estremeció. La acarició suavemente y luego hizo presión, pero se apartó antes de que pudiera alcanzar lo que tanto deseaba.

—Necesito más —dijo tomándolo de la muñeca.

—Todo a su tiempo, cariño, todo a su debido tiempo.

Pero él también era víctima de la impaciencia. Se incorporó para explorar lo que había dejado al descubierto. Sus pezones eran rosados y estaban deseando que los saboreara. Cuando empezó a chuparlos, ambos gimieron.

Al pasar la lengua por la cumbre de su pecho, Nikki contuvo el aliento. Luego abrió los ojos.

—Creo que me equivoqué al darte un ocho —suspiró—. Estás subiendo puntos por segundos.

—Tengo una vena competitiva.

El contraste de su bronceado con la piel delicada y femenina de Nikki resultaba erótico y fascinante. Pierce le acarició el cuello antes de volver a bajar hasta su ombligo.

Cada roce la hacía gemir. Si sus caricias le provocaban placer, a él le provocaban el doble. Estaba tan excitado que lo único que deseaba era colocarse entre sus piernas. Pero era demasiado pronto. Todavía no había acabado con ella.

Volvió a bajar y esta vez le quitó la ropa interior. Su pubis depilado lo sorprendió, excitándolo aún más. Le acarició el monte de venus, disfrutando de su prominencia, y se deslizó hasta los pliegues de su sexo. Lentamente pasó por encima de su clítoris y le separó los pétalos.

Nikki no protestó. Aunque había dejado de juguetear con sus pechos, el premio de consolación era incluso mejor. Pierce apoyó la cabeza en su muslo, disfrutando de la vista. Luego, le separó las piernas y la acarició con la lengua.

Nikki gritó, pero no de placer sino de sorpresa.

–Despacio, cariño, despacio.

Pierce creía que acariciándola con suavidad podía mantenerla al borde del orgasmo. Pero cuando la rozó lentamente con la lengua, ella se corrió al instante, hundiendo las manos en su pelo y temblando, mientras su piel se sonrojaba de la cabeza a los pies.

Sintiendo algo parecido a una sacudida sísmica, Pierce se levantó de la cama y se colocó sobre ella, besándola desesperadamente.

–Nikki, Nikki, Nikki… –dijo con la sensación de estar perdiendo el control.

Nikki abrió los ojos.

–Creo que ha llegado el momento de que se quite la ropa, señor Avery –dijo acariciándole los labios a Pierce.

Capítulo Cinco

Nikki estaba en apuros. Durante la cena, cuando le había contado a Pierce que no se había acostado con tantos hombres, quizá le hubiera causado una impresión equivocada. Solo había habido tres, y dos de ellos apenas contaban. Durante una mala época en el instituto, se había dejado presionar para tener sexo por dos chicos diferentes, buscando en cada una de las ocasiones dar con alguien que la amara. Ambas experiencias habían sido malas y por suerte había insistido en que se pusieran protección, así que la única consecuencia había sido una sensación de remordimiento y vergüenza.

No había sido hasta el último año en la facultad de derecho cuando había vuelto a intentar tener una relación. En aquella ocasión había tenido motivos para pensar que aquel hombre era el definitivo. Tras siete meses de relación, había empezado a creer que por fin iba a tener un final feliz. Por desgracia, cuando llegó el momento de hacer el examen de ingreso para ejercer como abogado, ella lo pasó con nota y su amante no llegó a la mínima calificación exigida. Después de aquello, las cosas se pusieron feas y una vez más se encontró sola. Desde entonces, había tenido algunas citas, pero sin llegar a haber intimidad. Hasta ahora.

Había encontrado al hombre con el que toda mujer soñaba. Lo observó ponerse de pie. Al quitarse la camisa, vio los fuertes músculos de su pecho y sus brazos. Su piel estaba bronceada. Se bajó la cremallera y se quitó los pantalones y los calzoncillos. Una marca blanca en las caderas eran la prueba de que no se quedaba desnudo al aire libre.

Su miembro se estiró contra su vientre, haciéndola estremecerse. Incluso después de un orgasmo espectacular, lo deseaba tanto que estaba temblando. Cuando estuvo completamente desnudo, se quedó mirándola.

—Me temo que va a ser muy rápido.

—¿Ya piensas en un bis?

Su arrogancia hacía que se le acelerara el corazón.

—No tienes ni idea, Nikki, ni idea… —dijo mirándola con los ojos entornados.

El colchón se hundió al colocarse al lado de ella. Antes de que pudiera hacerse a la idea de que estaba desnudo a su lado, se colocó sobre ella y empezó a lamerle los pechos. Un intenso placer se le disparó desde los pezones al vientre, haciéndola temblar de deseo.

Sus caderas la aprisionaron. Lo tomó del pelo y atrajo su boca a la suya. Estaba deseando que la penetrara.

—Bésame, Pierce. Bésame otra vez.

Le gustaba cómo besaba, el duelo de sus lenguas, la lenta tortura con la que tiraba de su labio con los dientes… No podía más. Arqueó la espalda y se contoneó, pero no sirvió para nada. Pierce estaba al mando de la situación.

—Por favor –le rogó–, no quiero esperar más, no lo soporto.

La miró. Un mechón de pelo le cayó por la frente. Olía a una mezcla de jabón, crema de afeitar y excitación masculina.

—Disfruto teniéndote en mi poder.

—Neanderthal.

—Podría jugar con tu cuerpo durante horas –murmuró él, apartándole un mechón de pelo de la cara–, pero si no te tengo pronto, puede que salga ardiendo.

—Bueno, eso no nos gustaría –dijo, y le besó en la nariz, la barbilla y el hombro–. Estoy lista cuando tú lo estés.

Por la expresión de su cara, no quería separarse de ella, pero se apartó para sacar uno de los preservativos que guardaba en la mesilla. Se lo puso y volvió a su lado.

—Gracias por llegar al orgasmo conmigo.

—Gracias por hacerme llegar.

—No me lo agradezcas todavía.

De nuevo, Pierce cubrió su cuerpo con el suyo. Luego, la tomó por las muñecas y se las sujetó por encima de la cabeza.

—Te deseo más de lo que he deseado nunca a una mujer. Cierra los ojos, quiero que te dejes llevar.

Obedeció y se quedó sin respiración al sentir su embestida. Pero solo pudo penetrarla un par de centímetros.

—Relájate, cariño.

Lo intentó, pero todos sus nervios estaban a punto de estallar y no era capaz de recuperar el aliento. Él siguió empujando, abriéndose paso poco a poco.

Nikki sintió algo fuerte y cálido en el bajo vientre. Apretó sus músculos internos y lo oyó maldecir. Abrió los ojos y lo miró a la cara. Era un hombre al límite, haciendo todo lo posible por resistir.

—Termina, Pierce —dijo clavándole las uñas en los hombros—. Lo necesito todo de ti.

Con un gemido, apretó las caderas contra las de él y el clímax fue tan intenso que se quedó traspuesta unos segundos.

Vagamente, oyó a Pierce gemir al llegar al orgasmo. Luego, sintió que se relajaba y caía sobre ella. Estaba tan exhausta que se durmió.

Pierce se despertó desconcertado. De repente recordó varias cosas a la vez: Nikki, sexo… Se quedó quieto un momento, evaluando la situación. Estaba acurrucada a su lado, con un brazo sobre su pecho y una pierna sobre su muslo.

Estiró el cuello para ver el reloj. Eran solo las siete y media, pero parecía medianoche. Le gustaba saborear la sensación de tener a Nicola Parrish en su cama.

En aquel momento, su erección volvió a recobrar vida.

—¿Nikki? —dijo sacudiéndole suavemente el brazo.

—¿Sí? —dijo ella abriendo los ojos.

—No es un sueño —dijo él—. Quiero repetir.

Sacó otro preservativo, se lo puso y la hizo tumbarse de lado. Tal y como se sentía en aquel momento, podía hacerla suya una y otra vez hasta que volviera a salir el sol.

Le levantó la pierna con el muslo y la penetró desde atrás. Después, tomó el pecho de Nikki en su mano y pellizcó suavemente el pezón, antes de empezar a moverse lentamente. Nikki emitió un sonido de agrado y acercó el trasero. La penetración se volvió más profunda.

De repente, lo único que veía era una adolescente perdida. La imagen le rompió el corazón. Sus movimientos se volvieron más lentos y volvió a besarla en el hombro. Rodó sobre su espalda lentamente para mantener la unión y la colocó sobre él, obligándola a sentarse.

Nikki lo miró por encima del hombro, pero no dijo nada. Pierce la tomó por el trasero y empujó hacia arriba.

—Haz lo que quieras, Nikki. Soy todo tuyo.

Tardó unos segundos en acostumbrarse a la nueva postura, pero enseguida se acopló. Apoyó las manos en sus rodillas y se echó hacia delante para poder subir y bajar sobre él.

La curva de su cintura lo maravillaba, así como

la forma de corazón de su trasero. Pierce creía que una penetración poco profunda lo ayudaría a durar más, pero se equivocaba. Cuando Nikki gimió al alcanzar el orgasmo, él se sintió al límite. Separó sus cuerpos el tiempo suficiente para colocarse sobre ella y hundirse en su estrecho y cálido pasaje, y explotó en una oleada de placer que se le hizo interminable.

Un rato más tarde, la sintió levantarse de la cama y vio que la luz del baño estaba encendida. Entre sueños, oyó correr el agua. Luego oyó sus pasos en la alfombra al volver junto a él.

Tenía las piernas frías por el aire acondicionado. La atrajo hacia él y cerró los ojos. La única paz que había encontrado desde que el médico le dijera que no era un donante compatible, estaba allí mismo, en su cama.

Las cortinas estaban echadas, pero un rayo de sol era la prueba de que todavía no se había hecho de noche.

—¿Vas a ir al hospital? —preguntó Nikki mientras jugueteaba con el vello de su brazo.

—¿Ir para diez minutos, sabiendo que mi presencia puede provocarle un infarto? Creo que no. Le veré por la mañana.

Nikki tomó su mano y la besó.

—Todo va a salir bien, ya lo verás.

Nikki se despertó antes del amanecer. Tenía los ojos hinchados por la falta de sueño. Pierce y ella habían estado haciendo el amor casi toda la noche. Tan solo habían parado alrededor de la una de la madrugada para llamar al servicio de habitaciones. Pierce había estado insaciable, haciéndola suya en todas las posturas imaginables. Se había negado a dejarla marchar a su habitación. Poco después de las cuatro habían caído agotados, con los brazos y piernas entrelazados, incapaces de separarse.

Nikki sentía que Pierce se había adueñado de su corazón. En aquel momento, estaba dormido como un tronco. Se levantó con cuidado de la cama y volvió a su habitación a través de la puerta que conectaba las dos habitaciones. Después de una ducha rápida, se secó el pelo y se puso otro de sus trajes de chaqueta en gris claro. Lo combinó con una blusa fucsia para añadir una nota de color.

Ese día iba a hacerle falta más que una blusa. Estaba confusa acerca de sus sentimientos y se obligó a no pensar en ello. Tenía que ser fuerte por él. A pesar de que no se diera cuenta, Pierce necesitaba que fuera ella la que llevara la iniciativa de la investigación. Gertrude estaba frágil y enferma. Si moría sin darles las respuestas que necesitaban, tal vez Pierce no lo superara nunca.

Cuando acabó de vestirse, dejó hecha la maleta por si decidían irse. Miró a su alrededor para asegurarse de que no se dejaba nada y volvió a cruzar la puerta interior. Al ver a Pierce durmiendo en la cama, con el pecho subiendo y bajando al compás de su respiración, algo en su interior se encogió.

Deseó fotografiarlo, guardar un recuerdo de aquella noche increíble.

—Despierta, Pierce —dijo tocándole el pie—. Es hora de volver al hospital.

Movió la cabeza de un lado a otro y poco a poco abrió los ojos y miró a su alrededor.

—¿Nikki?

—Sí, sé que estás cansado, pero tenemos que irnos. He llamado para ver cómo está Gertrude. Está estable y la han pasado a una habitación.

—No quiero ir al hospital. Quiero que vuelvas a la cama.

Viéndolo tan guapo, dudó. Pero la había contratado para obtener respuestas y su trabajo era que eso ocurriera.

—Levántate, Pierce. Anoche lo pasamos bien, pero es hora de que volvamos al mundo real. Pediré el desayuno mientras te duchas.

—¿Qué demonios te pasa?

—Nada —contestó ella—. Hemos venido a hablar con tu tía y eso es lo que vamos a hacer. Creo que debería verla yo primero, y si admite que sabe algo, te avisaré para que vengas a oír lo que tenga que decir. Se me da bien tratar con las personas mayores. No te preocupes, no la molestaré.

Pierce se levantó de la cama y se estiró. Estaba desnudo y no parecía importarle su presencia. Nikki apartó la mirada.

¿Debía decirle que era el hombre más increíble que jamás había conocido? ¿Que ya estaba medio enamorada de él?

No. En aquel momento, Pierce necesitaba una abogada firme, no una compañera sexual. Era un día importante para él en el que su vida podía cambiar.

—Me encantaría volver a la cama contigo, pero no puedes olvidarte de este asunto, por mucho que te incomode. Es mejor enfrentarte a la verdad que mantener la incógnita para siempre.

—¿Cómo puedes estar tan segura?

—Porque sé lo que es vivir sin saber y no le deseo ese sufrimiento a nadie.

Pierce se quedó mirándola durante largos segundos antes de marcharse a la ducha.

Nikki se dio cuenta de que había estado conteniendo la respiración y dejó escapar un suspiro de alivio. Ninguno de los dos estaba preparado para enfrentarse a un desafío emocional, pero harían lo que tenían que hacer porque no les quedaba otra opción.

Eran las nueve cuando llegaron al aparcamiento del hospital. Una vez en el interior, visitaron la tienda de regalos. Después, buscaron la sala de espera. Pierce se sentía como un animal enjaulado y no podía sentarse.

—Ve a ver qué averiguas.

Nikki se puso de puntillas y le dio un beso en la mejilla.

—Te mandaré un mensaje de texto si veo que va a decir algo.

Nikki se mostraba más segura de lo que se sentía. Si Gertrude decidía cerrarse en banda, ni ella ni nadie la harían hablar. Llevaba más de tres décadas ocultando algo. Era mucho tiempo protegiendo el pasado y, por lo mayor que era, la anciana podía haber decidido llevarse sus secretos a la tumba.

La puerta de la habitación estaba entornada. Nikki se detuvo un momento para comprobar si había algún médico o enfermera dentro. Por fin entró sigilosamente. Con el camisón del hospital y el pelo revuelto, la mujer parecía más vieja.

Nikki se sentó en una silla a los pies de la cama, para que la paciente pudiera verla si se despertaba.

De repente, a alguien se le cayó una bandeja metálica en el pasillo, provocando un estruendo. Gertrude abrió los ojos y enseguida vio a Nikki.

—Eres la amiga de Pierce —dijo intentando llegar a la botella de agua.

Nikki se levantó para ayudarla.

—Sí, soy Nikki Parrish. Le he traído estas flores —dijo señalando un florero que había dejado en la mesa junto a la cama.

—¿Dónde está ese chico?

—Al final del pasillo. Tenía que hacer una llamada, pero enseguida vendrá.

—Está asustado porque cree que me dará otro patatús.

—¿Qué ha dicho el médico que le ha sucedido?

—A mi edad, puede haber sido ser cualquier cosa: un pequeño coágulo, un…

–¿Ataque de ansiedad?

–No te andas por las ramas, ¿verdad, querida? Sí, también ha podido ser un ataque de ansiedad. Olvidas que soy médico. Aunque haga años que no ejerzo la medicina, recuerdo lo suficiente como para saber lo que puede pasarle a un cuerpo de noventa y dos años.

–¿Cómo se siente esta mañana?

–Vieja, triste, culpable –dijo, y se quedó mirando fijamente a Nikki–. ¿Lo sabe, verdad?

Nikki acercó su silla.

–Lo único que sabe es que no es quien pensaba que era, eso es todo. Creo que puede ayudarlo a descubrir el resto. Por favor, Gertrude, está hecho un lío. Prométame que le contará lo que sabe.

–No le gustará lo que tengo que contarle.

–Sí, no le gustará, pero se merece saber la verdad, ¿no le parece?

–¿Cómo se ha enterado?

–Creo que ya sabe que su padre está muy enfermo.

–Sí, hablo con mi sobrina a menudo.

–Pierce quería donarle un riñón, pero resultó que no era compatible.

–Dios mío, y le dijeron que no era su hijo –dijo Gertrude encogiéndose en la cama mientras contenía las lágrimas.

–Así es. ¿Puede imaginar cómo se sintió al enterarse? –dijo Nikki sintiéndose fatal por interrogar a la anciana–. Su madre y él quedaron desolados.

–¿Y su padre?

–Todavía no se lo han contado, en parte porque está muy enfermo y también porque quieren encontrar una explicación antes de contárselo.

–No soy una mala persona.

–No la conozco, pero Pierce me ha contado lo que hizo por su madre, cómo se la llevó a vivir con usted y la crió como si fuera su propia hija. No creo que pretendiera hacerle daño, al menos intencionadamente.

–Daría mi vida por ella. Mi hija y ella son lo mejor que me ha pasado.

–Dedicó muchos años a sus pacientes. Supongo que salvó muchas vidas y ayudó a mucha gente.

–Abusé de mi posición –murmuró en un tono apenas audible.

Nikki supo que el momento había llegado.

–¿Aviso a Pierce para que venga?

Gertrude asintió.

–Sí, dile que venga.

Justo cuando Nikki iba a escribir un mensaje a Pierce, entró una enfermera para tomarle las constantes vitales.

–Esperaré fuera.

Pierce se encontró con ella en el pasillo. Su expresión era seria.

–¿Qué te ha contado?

–No demasiado, lo suficiente como para saber que conoce tu secreto.

–¿Crees que podrá soportarlo? No quiero que esto acabe con ella.

–Creo que está deseando contarlo.

Capítulo Seis

Pierce no estaba preparado para aquello. Oyó a Nikki cerrar la puerta de la habitación. Con un poco de suerte, nadie les molestaría en un rato.

Nikki le ofreció una silla, pero era incapaz de sentarse. Su tía abuela lo miró asustada antes de bajar la vista a sus manos.

–Sé que tiene miedo y que no es fácil, pero tiene que ayudarnos. Por favor, Trudie, cuéntenos lo que pasó cuando Pierce nació.

Después de unos largos segundos, Gertrude apretó el botón para levantar el respaldo de la cama. Cuando estuvo incorporada, bebió agua y se secó la boca con el dorso de la mano.

–Quiero mucho a tu madre. Tenía mis diferencias con mi hija, pero en el momento en el que llevé a casa a aquella preciosa niña de cuatro años, mi vida mejoró. Me había divorciado, así que sabía que no tendría más hijos.

–¿Qué diferencia de edad había entre las niñas? –preguntó Nikki.

–Cinco años. Tessa tenía nueve años cuando nos mudamos a Charlottesville. En aquel momento no me di cuenta, pero el cambio no le sentó bien y tampoco perder su condición de hija única.

95

Tardó en aceptar a su prima y no dejó de mostrarse celosa, incluso en los últimos años antes de morir —dijo sacudiendo la cabeza—. Mi relación con tu madre siempre fue muy buena. Nunca hubo los clásicos enfrentamientos entre madre e hija. Era cariñosa, agradecida y yo la adoraba.

—¿Tanto como para cometer un delito por ella? —preguntó Pierce, sintiendo un nudo en el estómago.

La anciana bebió otro sorbo de agua.

—Hay momentos en la vida en que las circunstancias obligan a tomar decisiones difíciles. No sé si te lo han contado, Pierce, pero tus padres no podían concebir. Les presté diez mil dólares para que se sometieran a tratamientos de fertilidad. De eso hace ya mucho tiempo y la tecnología no era como la de ahora. Mes tras mes, año tras año, tu madre no conseguía quedarse embarazada.

—No, no me lo habían contado.

—Es una tensión difícil de soportar aun en el mejor de los matrimonios. Tu madre estaba desconsolada y tu padre quería dejar de intentarlo. Tuvieron que recurrir a un consejero matrimonial, y entonces, ocurrió el milagro. No tienes ni idea de lo contentos que estaban. Como regalo, les dije que no quería que me devolvieran ni un céntimo. Tenía dinero suficiente para dejarle a Tessa.

—¿Fue un embarazo difícil?

—En absoluto. Tu madre se cuidaba mucho. Le recomendé al mejor ginecólogo que teníamos en el hospital. Todo fue perfecto, un embarazo y un parto de libro. La única complicación fue la historia que habrás oído un montón de veces.

—La epidemia de gripe.

—Sí. Diezmó el personal del hospital. Teníamos todas las camas ocupadas y poco personal trabajando. La noche en la que tu madre se puso de parto, su médico estaba en cama con fiebre. Tu madre me pidió que atendiera el parto y lo hice. Es difícil ver a alguien a quien quieres sufrir mientras da a luz. Tu madre optó por un parto natural porque tenía aversión a la intervención médica.

—¿Y de verdad no hubo complicaciones?

—No, salvo un parto largo, algo típico en primerizas. Tu padre y ella estaban tan cansados que decidieron mandar al nido al bebé para poder descansar. Ahora no se suele hacer, pero por aquel entonces era algo común.

—¿Hubo más nacimientos aquella noche? —preguntó Pierce.

—Sí, dos, y también me ocupé de ellos. Eran un par de gemelos que nacieron una hora después de estar con tu madre. Había otro bebé en el nido, una niña que había nacido dos días antes. Estaba previsto que se fuera a su casa a la mañana siguiente. Como no teníamos mucho trabajo, y algunas enfermeras habían estado trabajando turnos dobles, mandé a dos de ellas a casa para descansar. Nos quedamos otra enfermera y yo. Si hubiera hecho falta, habríamos pedido refuerzos.

Dejó de hablar y sus manos temblaron sin control durante unos segundos.

–Tía Trudie, ¿quieres que llame a alguien?

–No, déjame terminar –dijo mientras las lágrimas le corrían por las mejillas.

Sobrecogido por su dolor, se acercó a la anciana y la besó.

–Continúa.

Pierce volvió a su sitio junto a la ventana y miró a Nikki. Tenía las mejillas húmedas. A pesar de que estaban separados por la cama del hospital, sentía la intensidad de su cariño y preocupación.

–Eran las tres de la mañana –continuó Gertrude con la mirada perdida–. Los cuatro bebés dormían y le dije a la enfermera que se fuera a descansar un rato a una de las habitaciones del otro lado del pasillo. Yo estaba exaltada por el café y la emoción de tus padres. Aquella noche en el hospital, durante un rato, reinó la calma. Estaba muy contenta viendo a aquellos preciosos niños. Por momentos como aquel, había desafiado a mis padres para estudiar Medicina. Aunque mi carácter independiente me costara el matrimonio, había merecido la pena –dijo, e hizo una pausa antes de continuar–. Cada quince minutos iba a ver a los bebés, pero a eso de las cuatro de la madrugada, uno de ellos no respiraba.

–¿Cuál? –preguntó Pierce.

–El bebé de tu madre.

Todo a su alrededor se oscureció y su cabeza empezó a dar vueltas.

–Traté de reanimarlo. Estaba tranquila y conocía bien el procedimiento. Pero el bebé estaba muerto y ya estaba frío. Iba a tener que ir a la habitación de tus padres, despertarlos y decirles que su precioso bebé se había ido. Pero no podía hacerlo. En aquel momento, lo tuve claro. La otra pareja había tenido gemelos. Ni siquiera sabían que iban a tener gemelos. Por aquel entonces no se hacían ecografías.

Pierce sacudió la cabeza.

—No, no, no…

Aquello tenía que ser una horrible pesadilla.

—Me pregunté: ¿por qué debían tener dos bebés y tus padres ninguno? Lo hice todo en un instante. Cambié los bebés de cuna, cambié los brazaletes que acababa de cortar por otros y ya estaba hecho. Seguí el procedimiento del hospital y el capellán fue a ver a la familia que había perdido un niño.

—No a mis padres…

—No. Su bebé estaba bien. En los siguientes días, el hospital llevó a cabo una autopsia como es habitual en estas situaciones. El hijo de tu madre había nacido con un defecto irreversible en el corazón. Podía haber muerto en el útero, pero llegó a vivir seis horas.

Pierce sintió que se venía abajo. En su cabeza, estaba estrangulando a Gertrude con sus grandes manos. Ni siquiera se dio cuenta de que estaba temblando hasta que sintió los brazos de Nikki rodeándolo.

Ella lo abrazó con fuerza, hundiendo el rostro en su pecho. Él le devolvió el abrazo automáticamente, incapaz de digerir lo que estaba pasando. Su madre adoraba a aquella anciana y él estaba deseando matarla. No, no era cierto. Él no era esa clase de persona. ¿Cómo iba a poder seguir adelante? ¿Qué podía hacer con aquella información? ¿Qué opciones tenía?

De repente, se dio cuenta de que la pregunta más importante seguía sin respuesta.

—¿Quiénes son mis padres? —gritó—. ¿Quiénes son?

Su tía parpadeó y se humedeció los labios.

—Vincent y Dolores Wolff.

Nikki miró a Pierce a la cara y supo que era incapaz de razonar.

—Tenemos que irnos. Volveremos cuando hayas tenido tiempo de pensar en todo esto.

—No pienso volver. ¿Para qué aguantar más?

Nikki tiró de él hacia la puerta.

—Vámonos al hotel —dijo con autoridad—. Ven conmigo.

Lo guio como si fuera ciego, ayudándole a entrar y salir del ascensor. Una vez llegaron al coche, Nikki tomó las llaves del bolsillo de Pierce e hizo que se sentara en el asiento del pasajero.

—Dame tu cartera —le dijo una vez en el hotel.

Al ver que no la obedecía, sacó del bolso la llave y entraron a la habitación de Pierce a través de la suya. Lo obligó a sentarse y le sirvió un vaso de agua. Estaba sudoroso y no tenía buena cara.

–¿Qué voy a decirles? ¿Cómo voy a contarles que su bebé murió?

–Sigues siendo su hijo, Pierce. A ti no te van a perder.

Se le hizo un nudo en la garganta. No sabía cómo consolarlo y empezó a pasear por la habitación mientras él permanecía sentado donde lo había dejado.

Cuando se cansó, se sentó en una silla frente a él. Después de una hora, lo convenció para que la siguiera a la cama. Apartó las sábanas y le hizo tumbarse. Luego, se acurrucó a su lado y se durmieron.

Pierce abrió los ojos y se quedó mirando al techo. No sabía dónde estaba y, asustado, se incorporó. Luego vio a Nikki y entonces recordó. Una sensación de angustia lo invadió. Había hecho el ridículo delante de Nikki comportándose como un niño al abstraerse de la realidad.

Se sentía físicamente débil y mentalmente lento, como si hubiera sufrido un golpe en la cabeza tras un accidente de coche.

Deseando sentir contacto humano, le tomó una mano a Nikki. La otra la tenía bajo la mejilla mientras dormía.

Pierce le estrechó la mano e intentó trazar un plan. Era un hombre acostumbrado a tomar decisiones.

Era como si alguien hubiera apretado un interruptor. ¿Qué iba a hacer? ¿Volver a casa? No se imaginaba volviendo al hospital. La idea le provocaba repulsión. Una persona compasiva perdonaría a la anciana, pero él no podía. Algunos pecados eran demasiado crueles para olvidarlos.

Poco a poco, tuvo clara una cosa: no iba a hundir a Nikki con él. No quería convertirse en un personaje patético y desamparado. Era un hombre y ya iba siendo hora de que se comportara como tal.

Se levantó de la cama, tomó un par de cosas de la maleta y se fue al baño. No quería despertar a Nikki y cerró la puerta. Puso el agua de la ducha muy caliente en un intento por hacer desaparecer el olor del hospital y los recuerdos. Pero a pesar del calor, seguía sintiendo frío en su interior. La única camisa que le quedaba limpia era una amarilla con rayas azules.

Lo primero que haría sería dejar el hotel. Tenía que fingir tener la situación bajo control.

Cuando volvió a la habitación, Nikki seguía durmiendo. Se sentó en una silla y la observó. No tenía adónde ir ni un horario que cumplir, así que no tenía prisa por afrontar el día. Poco a poco, el relato de su tía fue sustituido por los recuerdos de la noche anterior.

El rostro de Nikki iluminado con su risa. Nikki con los ojos cerrados, aferrada a las sábanas mientras alcanzaba el orgasmo. Nikki gritando su nombre mientras la penetraba.

Sentado allí en la oscuridad de una habitación

de hotel, se dio cuenta de que era la clase de mujer con la que podría construir su vida. Pero Nikki tenía las ideas muy claras.

Estaba enfadado, confuso y dolido. No podía dejar que Nikki se diera cuenta del torbellino mental en el que se encontraba. Querría ayudarlo y eso no lo podía aceptar. Un hombre debía resolver por sí mismo sus propios problemas.

Nikki tardó en despertarse. Cuando lo hizo, se incorporó y se quedó mirándolo.

—¿Estás bien?

—Más o menos. Si no te importa, en cuanto estés lista me gustaría que nos fuéramos a casa. De camino, podemos comer algo. Ya tenemos lo que vinimos a buscar. Necesito saber cómo van las cosas en el trabajo.

—¿Y Gertrude?

—Está recibiendo muy buenos cuidados. No hay motivo para quedarnos.

—Pero...

—Tengo hambre, Nikki. Salgamos de aquí.

Cuarenta y cinco minutos más tarde, estaban en el coche de camino a Charlottesville. Pierce conducía y Nikki iba sentada a su lado en silencio. Tenía la impresión de que tenía miedo de hablarle para evitar que se pusiera nervioso.

Compraron unas hamburguesas en la ventanilla de un restaurante de comida rápida y se las comieron en el coche. Con la radio puesta, los kilómetros volaban. Nikki se había quitado la chaqueta y los zapatos.

—No tienes que tenerme miedo —dijo él—. La representación de Jekyll y Hyde ha terminado.

—Nunca tendría miedo de ti, Pierce. Tienes derecho a estar enfadado.

—Bueno, ahora estoy bien, no te preocupes.

Parecía dubitativa, pero la convencería. Lo único que tenía que hacer era actuar con normalidad. Lo cierto era que nada había cambiado. Su padre seguía enfermo y eso era lo más importante.

Aun así, Nikki lo sorprendió con una pregunta que no esperaba.

—¿Y cuándo vas a ponerte en contacto con los Wolff?

—No voy a hacerlo —dijo conteniendo su rabia.

—Pero tienes que hacerlo, Pierce. Tienen que saber lo que pasó, tienen que saber que estás vivo.

—Siento desilusionarte, pero no. En primer lugar porque no me importan los Wolff y en segundo lugar, ¿te imaginas su reacción al ver aparecer en su puerta al hijo que perdieron hace tanto tiempo?

—Son tu familia.

—No, no lo son. Tal vez tampoco hayas pensado en lo que harían a la mujer que secuestró a su hijo y lo entregó a otras personas. ¿La enviarían a la cárcel? ¿La humillarían ante el resto del mundo? Gertrude no le va a contar a nadie lo que sabe y yo tampoco. Así que a menos que no puedas mantener un secreto, este asunto está muerto.

–Pero ¿qué le vas a decir a tu madre?

–Le diré que los informes médicos no contenían nada fuera de lo normal y que Gertrude no recordaba nada. ¿Para qué hacérselo pasar mal con todo lo que tiene? Ha pasado mucho tiempo desde aquella noche. Quiero continuar con mi vida.

Nikki sintió lástima por Pierce. Pensaba que estaba cometiendo un gran error. Mantener un secreto no era bueno nunca. Si se lo guardaba para él, sufriría mucho.

Por mucho que deseara advertírselo, no tenía derecho a hacerlo. Aquello no era un asunto legal. Era algo personal y Pierce ya había tomado una decisión.

Al llegar a los alrededores de Charlotesville, Nikki respiró hondo. No sabía qué decirle.

–¿Quieres venir a mi casa y quedarte un rato? Podemos preparar palomitas de maíz y ver una película.

–Lo cierto es que me encantaría.

Al llegar a su apartamento encendió el aire acondicionado y se fue a la ducha, su mente se llenó de imágenes de la noche anterior. No podía olvidar las horas que Pierce y ella habían pasado juntos. Si lo que quería era sexo, se lo daría. Pero si lo único que necesitaba era compañía, también se la daría.

Se puso unos pantalones de yoga y una camiseta de algodón, y se miró al espejo. Sonrió ante su aspecto desaliñado. Durante las siguientes semanas se olvidaría de su faceta de abogada.

Pierce levantó la mirada al verla aparecer y la miró de arriba abajo.

–Siéntate a mi lado.

–¿Quieres beber algo? –preguntó ella.

–Deja de jugar a la anfitriona perfecta y ven aquí.

Sonriendo, Nikki obedeció. En cuanto se sentó a su lado, la rodeó con el brazo. Ella apoyó la cabeza en su pecho. Conocía el dolor por el que estaba pasando, la sensación de estar a la deriva. Pero nada de lo que dijera en aquel momento serviría para cambiar las cosas, así que lo mejor sería disfrutar del tiempo a su lado.

Nikki cerró los ojos. Una vez tomara una decisión sobre su trabajo, pondría reglas en otros aspectos de su vida. Sacaría tiempo para estar con los amigos, tendría más citas y se olvidaría del pasado. Todo sonaba muy bien.

Pierce estaba jugando con su pelo. Aquellas simples caricias la excitaban. La película terminó. Pierce miró el reloj mientras se estiraba.

–¿Qué pasa?

–Tengo algo que hacer esta noche. Es importante.

Nikki se sintió desilusionada. Esperaba que pasara la noche con ella.

–Me comprometí a entregar un galardón en una gala benéfica –continuó él–. El gobernador de Virginia y un par de senadores pronunciarán discursos. Pertenezco al comité y tengo que estar allí –dijo, y sonrió–. Podrías venir conmigo.

—No sabría qué ponerme.

—No me dirás que no tienes un vestido elegante en tu armario.

Ahí la había pillado.

—Supongo que sí, pero no tienes invitación para mí.

—No te preocupes —dijo, dándole un masaje en un pie–, este año he donado diez mil dólares. Creo que podrán hacer sitio. Pero si lo prefieres, mandaré un mensaje al director.

—Creo que iré a preparar un café.

Pierce soltó el pie y tomó su rostro entre las manos.

—Bésame, Nikki.

Ella puso todo en aquel beso. Durante largos segundos, sintió la calidez y ternura de Pierce, lo que le hizo creer que no había nada más importante para él que aquel beso.

—Me cuesta decirte lo que quiero, pero a riesgo de parecer vulgar, te deseo más de lo que imaginas, Nikki. Necesito perderme en ti.

Ella se mordió el labio inferior, conteniendo las lágrimas. Al menos, podía ofrecerle alivio físico.

—Creo que podemos solucionarlo —dijo poniéndole una mano en la pierna–. Pero mi cama es pequeña.

Pierce deslizó una mano por su pelo y la besó en el cuello.

—No importa. No pienso dejar que te vayas lejos.

***

Pierce la siguió por el pasillo, sintiendo una mezcla de vergüenza y deseo. No quería que pensara que la estaba usando, pero de alguna manera lo estaba haciendo.

Su sola presencia le había ayudado a calmarse. Nada había cambiado. Su vida seguía siendo un desastre, pero con Nikki sentía que podía apartarlo todo a un lado y dejarse llevar.

Su dormitorio era revelador. No tenía nada que ver con la implacable abogada. El mobiliario era ecléctico. Todo era colorido, desde una otomana turquesa y naranja hasta las pantallas de las lámparas con cuentas multicolores. La colcha era de seda roja y las paredes estaban pintadas de verde pálido, lo que, de alguna manera, proporcionaba armonía al conjunto.

–No es lo que esperabas, ¿verdad? –preguntó Nikki apoyándose en la pared.

–Me gusta –dijo él metiéndose las manos en los bolsillos–, pero no puedo negar que me sorprendes.

Pierce se quedó observándola mientras quitaba la colcha. Nikki se dio la vuelta y lo pilló mirándole el trasero.

–Como te agaches así, no respondo de mis actos.

Nikki se quitó los pantalones y se sentó en la cama a esperar que se acercara a ella. Pierce estaba deseando tomarla sin más.

–¿Por qué tanto color? –preguntó Pierce, intentando distraerse.

—En el orfanato no había color. Las paredes eran beis, los suelos de madera, las colchas marrones...

—Gracias por invitarme a tu casa. Me gusta. Está llena de vida, energía y pasión.

Adivinó en sus ojos que la respuesta le había gustado y se preguntó si algún otro hombre conocería aquel espacio extravagante.

Sin más demora, se quitó la ropa. Nikki se sonrojó, pero no apartó la mirada.

—Solo me queda un preservativo.

—Suficiente para el tiempo que tienes. Si voy a ir al baile esta noche, Cenicienta necesita tiempo para arreglarse.

—Cierto.

Se colocó ante ella y le quitó la blusa por la cabeza. Sabía que no llevaba sujetador. Los hombres se daban cuenta de esas cosas. Verla así hacía que el corazón se le parase. No estaba preparado para sentir su mano en la entrepierna.

Lamió la punta de su miembro, jugando con la lengua, hasta que lo hizo sentirse mareado. Lo tomó en su boca y él maldijo entre dientes. Fue lo único que pudo hacer para no llegar hasta el final. Cuando pensaba que no sería capaz de aguantar más, Nikki volvió al centro de la cama y le hizo sitio.

Él la atrajo hacia sus brazos y la hizo darse la vuelta, antes de acercarle su pene erecto al trasero.

—Lo siento.

—¿El qué?

—Que tuvieras que estar allí hoy. Tenía miedo de que te hiciera pensar en cosas del pasado, como quién estaba en el momento de tu nacimiento.

Ella tomó su mano y se la llevó a los labios para besarla.

—Eso no lo superaré nunca. Pero me he adaptado a una nueva realidad.

Pierce tomó el preservativo.

—¿Confías en mí? —preguntó él.

Ella se tumbó de espaldas y lo miró. Seguía llevando aquellas bragas tan sexys.

—Sí.

—Entonces, dame la mano.

Sorprendida, hizo lo que le pedía. Se levantaron y se quedaron junto a la cama. Pierce acarició uno de sus pechos y luego el otro. Nikki gimió. Sus pezones se endurecieron y su piel se estremeció.

—Si estás pensando en tomarme en brazos, que sepas que no soy tan ligera.

—Eso para otro día. Tu decoración me ha inspirado.

Lo miró con curiosidad.

—¿Pretendes colgarte de la lámpara?

Él sonrió y la tomó de la mano para llevarla hasta la otomana.

—Pensaba que podíamos probar esta silla.

Capítulo Siete

La expresión de Nikki no tenía precio.

–Hmm…

–Has dicho que confías en mí.

–Así es.

–Entonces, arrodíllate en este escabel, Nikki.

El tejido era tan satinado que estaba seguro de que sería estimulante el roce con sus pechos.

Ella bajó la mirada hasta su erección. Su expresión era una mezcla de fascinación, inquietud y entusiasmo.

–Está bien –dijo obedeciendo.

–Échate sobre el respaldo.

La oyó contener la respiración. La prueba audible de su excitación lo hizo estremecerse. El estímulo visual de verla cumplir con su petición era una tortura. Respirando agitadamente, se puso de rodillas también. Tenía ante él su bonito trasero, separado tan solo por un trozo de nailon y encaje.

Se acercó y separó las rodillas hasta que sus muslos se pegaron a los de ella. Nikki se echó hacia delante.

Pierce la tomó de las manos, estiró sus brazos y la obligó a echarse hacia delante en la butaca. Estaba entregada completamente a su voluntad.

–¿Cómo te sientes? –preguntó él, acariciando las curvas de su trasero.

–Traviesa.

–Eso me gusta. Estoy a punto de hacer disfrutar a mi abogada.

–No soy tu abogada. Además de estar de vacaciones, me vería en medio de un conflicto de intereses.

Pierce se inclinó para besarla en la nuca.

–Entonces, puedes ser mi novia. ¿Qué tal te suena eso?

–¿Novia?

–Nos estamos acostando y esta noche me voy a poner un esmoquin. A mí me parece que esto es una relación.

–Lo consideraré.

–Muy bien.

Cuando la acarició entre las piernas, estaba caliente y húmeda.

–¿Pierce?

Descargó su peso en ella y la tomó de las muñecas para esposarla a las patas de madera del escabel.

–¿Sí? –dijo descargando en ella su peso.

–¿Es así como te gusta el sexo?

–Es la primera vez que hago esto.

–No sé si eso me hace sentir mejor o peor. Uno de nosotros debería tener experiencia.

–No te preocupes, cariño. No dejaré que te caigas.

–Eres todo un caballero.

Su miembro se endureció un milímetro más. Había llegado al límite de su paciencia. Si pudiera, estaría con ella día y noche, pero dado que no le quedaban más preservativos, aquel encuentro tenía que ser intenso. En algún momento antes de la gala iba a tener que pasar por una farmacia para comprar más.

Se echó hacia atrás y echó un último vistazo a su espalda. Apoyó una mano en su trasero y con la otra guio su pene a la entrada de su sexo. No se molestó en quitarle las bragas, sino que apartó a un lado el tejido.

Con los ojos cerrados, se hundió en ella. Aquella postura era muy estimulante. Tal vez fuera por la posición o por los gemidos… El ritmo de las embestidas lo hizo estremecerse con la premonición de lo que estaba por llegar. Nikki lo apretaba con sus músculos interiores, llevándolo al límite. Con las dos manos apoyadas en sus nalgas, se hundía en ella sin dejar de gemir. De repente, ella se arqueó al alcanzar el clímax. Aquello lo hizo perder el control y se corrió violentamente, poniendo a prueba la pequeña otomana.

Nikki se quedó callada. Él se echó al suelo y se tumbó de espaldas para poder verle la cara. Tenía los ojos cerrados, pero una sonrisa asomaba a sus labios.

–¿Puedes respirar? –preguntó él.

Ella se humedeció los labios con la lengua.

–Apenas.

–Supongo que no tienes idea de la hora que es.

–Hay un reloj en la mesilla.

Pierce estiró el cuello.

–Maldita sea.

–¿Algún problema?

–Si vamos a irnos, será mejor que nos demos prisa.

–Me quedaré. Puedes volver luego.

–De ninguna manera –dijo poniéndose de pie y quitándose el preservativo–. A la ducha. Te recogeré en hora y media.

–Si tú lo dices… –dijo Nikki estirándose.

Pierce la abrazó y le dio un beso en los labios.

–No tardes o tendré que azotarte.

–Promesas, promesas.

Pierce se dirigió a la puerta pero antes se dio la vuelta y lo último que vio fue a Nikki quitándose las bragas antes de ir al cuarto de baño.

Nikki estaba sentada en una de las mesas, sola en aquel momento, mientras un cuarteto de cuerda tocaba en un rincón. Pierce estaba hablando con unos y con otros. Su estatura y atractivo hacían que no fuera difícil distinguirlo entre la multitud. Estaban en el comedor de un caserón del distrito histórico de Charlottesville. La cena había sido abundante y deliciosa.

Nikki estaba terminando un granizado de frambuesa y el baile comenzaría en breve. Sus compañeros de mesa, miembros todos ellos del comité, y sus parejas, estaban conversando con los invitados de honor. Como no conocía a nadie, Nikki había optado por quedarse sentada y observar. Los dos senadores de Virginia ya habían pronunciado sus discursos antes de marcharse para atender otros asuntos de sus agendas. Por fin, Pierce volvió junto a ella y dio un sorbo a su vaso de agua.

—Bueno, ya he cumplido mi cometido. Ahora podemos divertirnos.

—¿Y la entrega del galardón?

—Estamos esperando al gobernador. En cuanto llegue, la pista de baile se despejará y dedicaremos unos veinte o treinta minutos a seguir el orden del programa.

Pierce le acarició el brazo y, al ver la intensidad de su mirada, Nikki se estremeció. Estaba muy guapo aquella noche. El esmoquin le sentaba a la perfección.

—Estoy deseando tenerte entre mis brazos —le susurró al oído.

Justo en aquel momento volvieron sus compañeros de mesa y Pierce se apartó hasta una distancia respetable.

—¿Has hablado con tu madre esta tarde?

—La he llamado para decirle que ya había vuelto.

—¿Y?

—Y le he dicho que no tenía nada que contarle.

—¿Cómo está tu padre?

—Mejor, mañana le mandan a casa. Pero tiene que seguir sometiéndose a diálisis.

—Me alegro de que esté mejor.

–Es una cuestión de tiempo. Sin un riñón, no lo conseguirá –dijo, y se bebió de un trago media copa de vino.

–Algunas personas viven solo con uno.

–Sí, si el otro riñón está sano. A papá le funciona uno al veinte por ciento y el otro al quince.

–Vaya.

Las perspectivas no eran buenas y entendía por qué Pierce no quería causar más dolor a su madre. Pero seguro que la mujer estaba atormentada con toda clase de preguntas acerca de la paternidad de su hijo. Nikki lo sabía muy bien. Conocía de primera mano el gran dolor que ese interrogante generaba.

Llegó el momento de pasar al salón. Pierce la tomó de la mano y la ayudó a levantarse. El lugar era magnífico. Los suelos eran de madera y había enormes espejos en las paredes. Una pequeña orquesta daba los primeros acordes de una pieza romántica.

–Creo que este baile es mío.

Por suerte, la soltura de su acompañante mitigada su inexperiencia. Se sentía como Cenicienta en el baile. Se movían perfectamente coordinados. Era una lástima que sus opiniones no coincidieran respecto al pasado de Pierce.

Aquella tarde, había estado buscando información sobre los Wolff mientras Pierce se vestía. Había encontrado muchos detalles en la prensa sobre aquellos multimillonarios reservados, cuyas vidas habían estado marcadas por la tragedia. Los patriarcas, los hermanos Victor y Vincent Wolff, ya eran ancianos. En los años setenta se habían casado con mujeres quince años más jóvenes que ellos. En los ochenta, ambas mujeres habían sido secuestradas y más tarde asesinadas. Por aquel entonces, Pierce debía de tener cinco años.

Los viudos, temiendo por la seguridad de sus hijos, se habían construido una enorme casa en las montañas Blue Ridge que eran conocidas como el Castillo de los Wolff. Las fotos que había visto Nikki eran impresionantes.

Victor había tenido tres hijos y Vincent una hija y dos hijos. Había tenido un tercero que creía muerto, un hijo al que no le interesaba conocer o, al menos, eso decía.

La canción terminó y, desde un podio cercano a las ventanas, un hombre se acercó al micrófono y llamó la atención de los presentes. Unos segundos después, la comitiva del gobernador entró en el salón.

—Tengo que ir a hacer la presentación —dijo Pierce, y le acarició la mejilla con el dorso de la mano.

—Por cierto, no me has contado quién se va a llevar el galardón.

—Un empresario local que ha sabido organizar a un grupo de voluntarios para recuperar algunos tramos de un sendero cercano. También ha hecho una importante donación, aunque el galardón es por su dedicación. No tardaré mucho.

Nikki se quedó cerca de las cortinas de terciopelo azul de una de las ventanas. Tras el discurso del gobernador, Pierce salió al escenario para otorgar el galardón. Tan desenvuelto como sofisticado, parecía igual de cómodo en aquel evento social que escalando montañas o recorriendo ríos.

Nikki tomó un programa y vio que iba a haber un invitado especial al final.

A continuación tomó la palabra el presidente del comité y luego presentó al misterioso invitado, que salió de entre los asistentes. El presidente lo saludó con un apretón de manos y continuó hablando en el micrófono.

–Como muchos de ustedes saben, las fuertes tormentas han destrozado tramos del sendero. Aunque los esfuerzos de los voluntarios son cruciales y muy apreciados, los trabajos de recuperación precisan también de inversiones. Esta noche estoy muy contento de poder presentar al hombre cuya familia ha donado quinientos mil dólares para la causa. Damas y caballeros, por favor den la bienvenida al señor Devlyn Wolff.

Nikki sintió que las piernas se le doblaban al oír aquel nombre y dirigió la mirada a Pierce. Su rostro era inexpresivo.

Un hombre con la misma sonrisa que Pierce levantó la mano en respuesta al aplauso de los presentes. Devlyn se acercó al micrófono, a la espera de que el ruido cesara.

–En nombre de mi familia es un placer hacer esta donación al Comité de Mantenimiento del Camino de los Apalaches. Si bien apreciamos el sendero en su conjunto, sentimos un cariño especial por el tramo que pasa muy cerca de la casa familiar en Wolff Mountain. Poder recorrer el camino entre Maine y Georgia supone desconectar del ritmo frenético del siglo XXI y volver a nuestras raíces. Por mucho que progrese la tecnología y la comunicación, no podemos olvidarnos de que estamos encadenados a la naturaleza. Agradezco a los muchos voluntarios su tiempo y su dedicación. Y espero que aquellos de ustedes que tengan la oportunidad de recorrer el camino este año y los años venideros, se tomen un momento para escuchar lo que el viento tiene que decir de aquellos que nos han precedido. Gracias por su hospitalidad esta noche y por proteger este bonito lugar que consideramos nuestro hogar.

El hombre desapareció, absorbido por una multitud que se acercó a congratularle. Nikki se había quedado perpleja. Ahora que conocía la verdad, era imposible negar el parecido entre Devlyn Wolff y Pierce Avery. Aunque no eran gemelos idénticos, había un gran parecido en la forma de comportarse y en la pasión con la que hablaban de la naturaleza y su influencia en la calidad de vida.

Ambos eran morenos, estaban bronceados y tenían un físico fuerte y poderoso. Pierce había estado a escasos metros de su hermano biológico. ¿Cómo podía darle la espalda a su familia?

Siguió observando mientras terminaban las formalidades y empezaba de nuevo el baile. Cuando Pierce volvió a su lado, ella estaba temblando.

Aquello no era justo. Había buscado durante años con todos los medios a su alcance a sus padres. Pero para nada. Pierce, que había tenido un padre y una madre, acababa de descubrir que estaba emparentado con una familia tan fascinante como los Kennedy.

–¿Quieres bailar un poco más o nos vamos? –dijo él, pasándole un brazo por los hombros.

–¿Hablas en serio?

–¿Algún problema, Nikki? –preguntó al percibir un extraño tono en su voz.

–Ese era tu hermano –dijo clavándole el dedo índice en el pecho–. ¿Vas a dejar que se vaya?

Pierce estaba en una burbuja de hielo. Nada podía conmoverlo. El momento en el que se había encontrado con aquel hombre tan parecido a él era algo de lo que no podía hablar. Bajo aquella frialdad, sentía un dolor que no podía soportar y que tal vez no pudiera superar nunca.

Nikki estaba espectacular con aquel vestido, con su pelo rubio y su porte regio, destacaba entre las mujeres.

–Bailemos –dijo, y la besó en el cuello.

Nikki se estremeció entre sus brazos, pero esta vez no fue la pasión lo que la hizo temblar. Lo tomó de la mano y recorrió uno de los pasillos adyacentes hasta que encontró una sala vacía.

Pierce cerró la puerta y se apoyó en ella, con los brazos cruzados sobre el pecho.

—Me sorprendes, abogada. No imaginaba que te gustaría un encuentro rápido en casa de desconocidos.

—No actúes como si nada hubiera pasado. Devlyn Wolff es tu hermano. Estuve buscando información de esa familia esta tarde. Tu tía nos dio los nombres de tus padres, así que no ha sido difícil. Tienes otro hermano, Larkin, y una hermana, Annalise.

Aquellas palabras atravesaron su corazón. No quería saber aquellas cosas, no quería conocer lo que se había perdido. Toda la vida había deseado tener hermanos.

—Todo el mundo sabe cosas de los Wolff. Los paparazzi los adoran. Ya he tenido suficiente, Nikki. Estás malgastando saliva.

—Todavía estamos a tiempo de alcanzarle. Acaba de irse y debe de estar recogiendo su coche. Vayamos a hablar con él. Le explicaré que tenemos que hablar con su padre.

—No, Nikki.

—Pero ¿por qué?

—No es necesario. No quiero ponerme en contacto con los Wolff. Solo porque tú quieras descubrir hasta el último detalle de tu familia no quiere decir que yo también lo quiera. Estoy bien como estoy, no necesito nada más.

—Estás cometiendo un gran error.

Su convicción lo hizo detenerse, pero no podía permitir que lo asaltaran las dudas. Las consecuencias serían terribles. ¿Qué se suponía que debía hacer?

–Tal vez, pero el error es mío. Escucha, Nikki –dijo mirándola a los ojos–. Me importas mucho, quizá más de lo que puedas creer en este momento. Quiero pasar tiempo contigo, te quiero en mi cama, en mi casa. Quiero mostrarte mi vida y lo que me gusta, lo que espero del futuro, del que puede ser nuestro futuro. Pero…

–¿Pero qué? –dijo apartándose de él y rodeándose por la cintura con sus brazos.

Por primera vez Pierce veía su vulnerabilidad. Nikki era siempre tan fuerte, tan segura… En aquel momento parecía frágil, como si una sola palabra suya pudiera destrozarla.

–Si quieres estar conmigo, tienes que olvidarte de esto.

–¿Es eso un ultimátum?

–Considéralo así si quieres. Lo único que te pido es que respetes mis límites. Yo haría lo mismo por ti.

–¿Eso es todo? ¿No volveremos a hablar nunca más de ello?

Él asintió.

–Eso es lo que quiero.

–No sé si puedo olvidarme de esto tan increíble que los dos sabemos.

–Claro que puedes. Tan solo imagina que nunca fuimos a ver a mi tía, que nunca fui a tu despacho a pedir ayuda, que nos conocimos en una cita a ciegas y que la cosa funcionó.

–Son muchas mentiras que olvidar.

–Mentiras no, más bien se trata de una agradable ficción. No estamos haciendo daño a nadie.

–Sé sincero contigo mismo, Pierce, sabes que no es cierto. Hacer lo que pides es cruel tanto para los padres que te criaron como para el hombre que cree que su hijo murió.

–Algo que desconocen no puede hacerles daño.

–Esa es la excusa que emplean los adolescentes para justificar que mienten a sus padres y que hacen cosas que no deberían.

–Estamos en un punto muerto. ¿Es eso lo que estás diciendo?

No esperaba que se enfrentara a él de aquella manera. Era evidente que había subestimado lo mucho que su pasado influía en su opinión.

Por un momento, consideró la realidad de Nikki: no tenía raíces, ningún punto de referencia salvo un orfanato. Un escalofrío lo recorrió. ¿Qué pensaría Nikki de él?

Nikki inclinó la cabeza y un mechón de pelo le ocultó el rostro. A pesar del momento de gran intensidad emocional, estaba muy guapa. Quería acercarse a ella, tomarla en sus brazos y recrear la locura de la noche anterior. Pero tenía la sensación de que le había hecho daño.

–Te he hecho una pregunta –murmuró–. ¿Es este nuestro final?

–Necesito tiempo para pensar. Por favor, llévame a casa.

–Claro, si eso es lo que quieres…

Se dirigieron a la puerta sin hablarse ni rozarse. El viaje en el coche fue tenso.

–Te acompañaré a la puerta para asegurarme

de que llegas bien –dijo él al llegar a la puerta del edificio.

–Prefiero que no lo hagas.

Nikki salió del coche y Pierce hizo lo mismo, quedándose en la acera con las manos en los bolsillos.

–¿Un beso de buenas noches?

–No, por favor. No hagas esto más difícil.

–Eres tú la que lo pone difícil.

–Tengo que irme.

Incrédulo, se quedó mirándola mientras se alejaba de él y entraba en el edificio. Pasaron cinco minutos antes de que volviera al coche, cinco minutos en los que no dejó de preguntarse si había cometido el mayor error de su vida. Pero si estar con Nikki suponía destrozar su familia y recurrir a un clan legendario, entonces no tenía otra opción.

Giró la llave para encender el motor y se obligó a conducir sin mirar atrás.

Nikki tenía frío. A pesar de la ducha caliente y del pijama de invierno que se había puesto, no podía dejar de temblar. La noche que tan bien había empezado, había terminado mal.

¿Tenía razón Pierce? ¿Era culpa de ella que no estuvieran compartiendo cama esa noche? Todo porque había visto al hermano biológico de Pierce.

Se acurrucó en el sofá con una manta, incapaz de quedarse en su dormitorio. El cuarto estaba lleno de recuerdos de Pierce y no podía soportarlo.

Mientras la noche avanzaba, se quedó abstraída mirando la televisión. Pierce le había dicho que sentía algo por ella. Incluso había hablado de un futuro común. Pero ella era incapaz de superar aquella piedra en el camino. A ratos se quedaba dormida y, cada vez que se despertaba, se daba cuenta de que nada había cambiado. Allí estaba, sin él. Se sentía sin fuerzas.

Por la mañana, un rayo de sol que se filtraba entre las cortinas la despertó. Se obligó a levantarse para despejarse. En tres o cuatro semanas cumplía su contrato de alquiler y tenía que decidir si iba a quedarse o no.

Se sentó a la mesa de la cocina y hundió el rostro en sus brazos. Era una mentirosa. Le había dicho a Pierce que había superado su pasado, cuando realmente no era así. En caso contrario, se sentiría a gusto con su vida. Si tuviera asumido el misterio de su origen, no habría reaccionado de aquella manera ante las sorprendentes revelaciones que habían sacudido el universo de Pierce.

Se incorporó y vio la caja abierta al fondo de la encimera. Llevaba varios días empaquetando sus pertenencias. Eran cosas que había ido acumulando desde que terminó la universidad. Pero eran solo eso, cosas. Había aprendido la lección pronto. Por muchos objetos que uno tuviera, nada podía reemplazar el amor y el afecto de una familia.

Entonces, ¿por qué estaba dispuesta a apostar por un futuro incierto en Washington cuando había encontrado un hombre que le importaba?

El día transcurrió lentamente. Estaba segura de lo que tenía que hacer, pero esperó un par de horas más antes de marcar el número de teléfono de Washington. La conversación fue breve, pero cordial por ambas partes. Ya había conseguido lo más sencillo: decidir lo que no iba a hacer. El camino que tenía por delante era mucho más arduo.

Luego se duchó y se puso un vestido veraniego. Metió unas cuantas cosas en una pequeña bolsa de viaje. Lo más sensato era llamar a Pierce y asegurarse de que estaba en casa. Pero sus emociones estaban a flor de piel. Si oía su voz, podía romper en lágrimas. Quería que el encuentro fuera agradable y para ello tenía que guardar la calma.

Pasaban de las siete cuando recogió su bolso, la bolsa de viaje y las llaves. Cerró la puerta y bajó la escalera. Poco a poco, mientras conducía alejándose de la ciudad, una sensación de paz la invadió.

Pierce salió de la casa mientras ella se bajaba del coche.

—Bonito vestido, abogada, pero no es tu estilo.

Respiró hondo y se secó el sudor de las manos en el asa del bolso.

—Tengo algo importante que decirte —dijo ella.

—Ahora no, Nikki. No quiero discutir esta noche. Te he echado mucho de menos —dijo tomando su maleta y dejándola en el último escalón—. Ven aquí y dame un beso.

Capítulo Ocho

Pierce se sentía aliviado. Le había sido muy difícil dejarla la noche anterior, tanto, que había considerado la posibilidad de ponerse en contacto con Vincent Wolff. La sola idea lo hacía enfermar. Ni siquiera soportaba pensar en lo sentirían sus padres si se enteraban. Sencillamente no podía hacerlo, ni siquiera por Nikki.

Gracias a Dios que había vuelto a su lado. La rodeó por la cintura y ella apoyó la cabeza en su pecho.

–Yo también te he echado de menos –dijo ella.

Lo que tuviera que decirle, podía esperar hasta el día siguiente, porque tenía planes para esa noche.

Llevaba un fino vestido de algodón verde de falda vaporosa que le dejaba al desnudo los hombros y la hacía parecer joven y despreocupada. Sin embargo, las ojeras que se adivinaban bajo el maquillaje, decían lo contrario.

Le levantó la barbilla y acercó los labios a los de ella.

–Gracias por venir.

Saboreó su boca y el beso se hizo largo e intenso. La tomó por la nuca y acarició su delicada piel, antes de arrimar las caderas a las de ella. Si entraban en la casa, acabaría encima de ella como un poseso. De hecho, estaba a punto de sentarse en los escalones de entrada y hacerla sentar encima. Pero le debía algo más que eso después de que tuviera el coraje de volver a su lado.

La soltó y carraspeó.

–Tengo una idea. ¿Te gusta montar a caballo?

–Nunca lo he hecho, pero supongo que tiene que ser divertido.

–Hace una noche estupenda. ¿Por qué no me dejas llevarte a dar un paseo? Te rodearé con mis brazos. Estarás a salvo.

–No llevó ropa adecuada –dijo ella mirándose el vestido.

–No pasa nada. Venga, te gustará.

Metió sus cosas en la casa y lo siguió. En los establos, la hizo esperar sentada sobre una bala de heno mientras él ensillaba una yegua. El viejo animal era el que solía montar de niño.

Cuando hubo colocado la silla de montar, llevó al animal hasta donde Nikki estaba esperando.

–Es enorme –dijo abriendo los ojos como platos.

–La primera vez que monté esta yegua tenía cinco años. Se llama Daisy y es muy tranquila. No tengas miedo. Quítate las sandalias, no quiero que las pierdas por el camino.

Al verla descalza mirándolo asustada, deseó esparcir el heno, echar una manta encima y hacerla suya. En vez de eso, la tomó de la cintura y la ayudó a colocarse en la silla de montar.

—¿Qué hago? —preguntó ella, sonrojándose.

—Sujétate.

Al estirarle la falda, le rozó sin querer uno de los muslos. Quería asegurarse de que estuviera decentemente tapada antes de poner el pie en el estribo y sentarse detrás de ella.

Tomó las riendas con la mano derecha y le pasó el brazo izquierdo por la cintura. Su miembro estaba enhiesto.

—Relájate, cariño —dijo besándola en el cuello—. Te prometo que no dejaré que te caigas.

Nikki fijó la mirada al frente y se sentó erguida, mientras Pierce azuzaba al caballo.

—No sé si esto me va a gustar.

—Demasiado tarde.

Nikki se acomodó contra su pecho y Pierce aumentó poco a poco el paso. Por fin la oyó reír.

—¿Quieres que galopemos?

—No, Pierce, de verdad que no.

—Está bien, gallina.

Aprovechó la oportunidad para besarla y Nikki se rindió. Estaba tan ansiosa y receptiva como él. Por un instante, consideró la posibilidad de tener sexo sobre el caballo. Había leído que era posible, pero con la enorme cama que tenía en casa, no le parecía necesario intentarlo.

—¿Preparada para volver?

—Sí, si tú también lo estás.

Ante la puerta de los establos, Pierce saltó de la silla. Nikki extendió los brazos y se inclinó hacia él. La ayudó a descabalgar y deslizó lentamente su cuerpo por el suyo. Era imposible que no se diera cuenta de su erección.

—Dame cinco minutos —dijo besándola en la cabeza.

Después de quitar la silla de desmontar y de ponerle avena y agua a la yegua, Pierce volvió a su lado. Su vestido ondeaba al viento. A lo lejos, se veía avanzar una tormenta.

—Será mejor que entremos. Esas nubes no tienen buena pinta.

Nikki se giró y se apoyó en la valla. Su expresión era extraña.

—¿Qué ocurre? —dijo observándola alarmado.

—No sabía que montar a caballo podía resultar tan…

Al verla cambiar el peso de una pierna a otro, Pierce comprendió.

—¿Te has hecho daño? —dijo levantándole la falda y acariciándole el muslo—. ¿Aquí?

Nikki se mordió el labio y asintió. Pierce se puso de rodillas y vio las marcas que le había dejado la silla de montar.

—Lo siento, cariño —dijo besándole la zona—. No debería haberte dejado montar con ese vestido sabiendo que solo llevabas esas diminutas bragas.

Al llegar al porche, empezó a llover. Los relámpagos iluminaban el cielo. Pierce tomó a Nikki en brazos y empezó a subir la escalera.

Llegaron a la habitación y Pierce se dirigió al cuarto de baño. Cuando la dejó en el suelo, Nikki se quedó mirando su reflejo en el espejo.

—¿Vas a ducharte?

—Vamos a ducharnos —contestó, y se quitó la camisa, las botas, los pantalones y los calzoncillos.

Nikki abrió los ojos como platos.

—¿Te parece bien? —preguntó él, abriendo el agua de la ducha.

Nikki tenía la vista puesta en su pene.

—Sí, me apetece una ducha.

Fue a bajarse la cremallera, pero Pierce le hizo darse la vuelta.

—Deja que te ayude.

Le bajó lentamente la cremallera y dejó al descubierto su espalda.

Nikki sujetó el vestido contra su pecho.

—¿Pierce?

—¿Sí? —dijo ocupado recorriendo las curvas de su trasero.

—Cuando acabemos, necesito hablar contigo de algo importante. He hecho algo que no estoy segura de que te parezca bien.

Pierce se quedó de piedra. Tenía idea de lo que iba a decirle. En el fondo, sabía que iba a tener que asumir que las cosas habían cambiado. Pero no en aquel momento con ella en su dormitorio.

—Puede esperar a mañana, Nikki. Déjame disfrutar de esta noche.

Su respuesta pareció incomodarla, pero asintió lentamente.

—Está bien, si eso es lo que quieres.

—Así es.

Le hizo soltar la tela y el vestido cayó al suelo,

dejando a su dueña con unas bragas de seda color champán.

Pierce tragó saliva. Sus pechos eran turgentes y sus pezones oscuros. Los acarició con los pulgares.

–No me imagino no haberte conocido.

Se había convertido en un pilar de su vida. Se estaba enamorando de ella y eso no lo asustaba. Si decidía aceptar el empleo de Washington, algo se les ocurriría. No iba a dejarla escapar, eso lo tenía claro.

Probó el agua con una mano. Estaba caliente y la invitó a meterse en la ducha. Luego, tomó una pastilla de jabón y se la pasó por los pechos a Nikki una y otra vez.

–Esto me gusta –jadeó ella, con los ojos medio cerrados.

Continuó por otras partes de su cuerpo: los pies, las piernas, la delicada piel de sus muslos... Nikki apoyó las manos en la pared y agachó la cabeza, mientras él recorría otras zonas más íntimas.

Aquellas caricias le despertaban placer a Nikki. Para él también era placentero, pero estaba a punto de perder el control.

–Ya he acabado –dijo él.

Nikki miró por encima de su hombro.

–Se te da muy bien, pero no creo que quiera saber con cuántas mujeres te has divertido en este baño.

–Eres la primera –dijo–. Me gusta mi intimidad.

–Como he venido sin avisar, no te has atrevido a decirme que me fuera.

–Apareciste en mi vida sin avisar y me gustó. De ahí la invitación a la ducha.

Tomó su pene entre sus manos jabonosas.

–Eres un hombre muy atractivo. Creo que me gustaría verte en acción algún día desde una distancia prudente.

Al acariciarlo lentamente, Pierce sintió tensión en su entrepierna.

–Podría enseñarte a remar… en aguas tranquilas.

–Pero así es demasiado sencillo, ¿no? Y a ti te gustan los desafíos –dijo deslizando los dedos desde la base de su erección hasta la punta–. No me gustaría que cambiaras. Todo lo que te gusta me da miedo.

Pierce estaba al límite de su paciencia.

–Me asustas –dijo él con total sinceridad.

No tenía ni idea de cómo hacerla feliz y, aun así, había vuelto junto a él por propia iniciativa. Giró el grifo y cerró el agua.

Pierce tomó dos toallas y le dio una. No podía secarla ni dejar que lo tocara. Solo quedaba una cosa por hacer.

–Ven a la cama conmigo –dijo impaciente, y tiró de ella hacia el dormitorio–. No puedo esperar ni un segundo más.

Nikki estaba tan ansiosa como él. Aquella relación quizá no durara más de una semana, así que quería pasar todo el tiempo posible con él. Se metió en la cama y se tapó con las sábanas. Sentía palpitaciones en su sexo por la intensidad del deseo. Con Pierce parecía tener un apetito voraz por el placer sensual.

Después de ponerse un preservativo, se colocó sobre ella, soportando el peso de su cuerpo con los brazos. Nikki quería hablarle acerca de su llamada a Washington, pero no la había dejado hablar. ¿Pensaría que había rechazado la oferta por él? En parte, así era, pero no quería que creyera que se estaba haciendo ilusiones sobre un futuro en común.

Empezaba a creer que Pierce podía ser el hombre de su vida. Aunque, por lo sensible que estaba, no significaba que lo fuera. Por eso necesitaba hablar con él pronto. Si Pierce le preguntaba qué pensaba hacer, tendría que ser sincera y decirle que no lo sabía. Aunque lo cierto era que estaba deseando quedarse en Charlottesville para descubrirlo.

La fuerte lluvia resonaba con fuerza sobre el tejado. Los relámpagos iluminaban la habitación. Pierce le separó las piernas con los muslos.

–No quiero discutir contigo.

El día anterior le había dicho que si quería estar con él, tenía que olvidarse de los Wolff. Podía intentarlo, pero tenía que confiar que con el tiempo cambiara de opinión.

Nikki le acarició las mejillas antes de tomar su rostro entre las manos. No se había afeitado y pinchaba.

–Yo tampoco quiero discutir. Los dos tenemos nuestras opiniones y es normal que en ocasiones tengamos nuestras diferencias. Pero eso no tiene que ser la tónica de nuestra relación. Prefiero hacer el amor y no guerra.

–No podría estar más de acuerdo –dijo colocando su pene en la entrada–. Empecemos ahora mismo.

La unión de sus cuerpos fue un cataclismo para Nikki y los ojos se le llenaron de lágrimas.

Pierce le secó una que rodaba por su mejilla.

–No llores, Nikki. Conseguiremos que esto funcione.

Pierce se refería a su oferta de empleo y Nikki se sintió culpable por no haberlo tenido en cuenta al tomar su decisión. Lo rodeó por la cintura con las piernas y se dejó llevar por la sensación de plenitud.

–No estoy acostumbrada a tener que darle explicaciones a nadie. Y a veces soy un poco cabezota.

–Ya me he dado cuenta, pero yo tampoco soy la persona más tolerante del mundo. La perfección es aburrida. Y no hay ninguna duda de que tú no me aburres, Nicola Parrish.

Agachó la cabeza para besarla, introduciendo la lengua en su boca, mientras la acción continuaba en la parte inferior de su cuerpo.

Ella le devolvió el beso, jugando con su lengua y haciéndolo gemir. Luego, deslizó las manos por su espalda, sus hombros musculosos y su ardiente piel. Le gustaba sentir su peso sobre ella.

Nikki sintió calor en la parte baja de su vientre, contuvo la respiración y gritó mientras alcanzaba el clímax. Después, abrazó a Pierce mientras él llegaba al orgasmo, entre sacudidas incontrolables de su cuerpo, hundiéndose una y otra vez en ella.

En el silencio que siguió, los truenos se oían lejanos. Había dejado de llover.

—Quédate conmigo esta noche —dijo él incorporándose de costado.

—No voy a irme a ningún sitio.

Fue la primera noche de descanso para Pierce desde que descubriera que no era un Avery. A las tres de la madrugada se despertó y bajó con sigilo para asegurarse de haber cerrado con llave la puerta. Con las prisas por llevarse a Nikki a la cama, no había seguido su rutina habitual.

A oscuras, mientras se tomaba un vaso de leche en la cocina, se dio cuenta de lo mucho que necesitaba a Nicola Parrish. Quizá fuera amor, aunque todavía no estaba preparado para poner nombre a sus sentimientos. Fuera lo que fuese que el futuro le deparaba, tenía la sensación de que Nikki formaba parte de él. Con ella, su vida tenía sentido.

Pero era demasiado pronto para decírselo. Tenía que resolver el asunto de los Wolff, aunque supusiera pedirle a Nikki que guardara el secreto para siempre. Trudie era la única persona que lo sabía y, con lo mayor que era, pronto se lo llevaría con ella.

136

Por otro lado, también estaban los padres de Pierce. ¿Qué debía hacer? Egoístamente, le gustaría confesarle su amor a Nikki y dedicarse a hacerla feliz. Pero de momento, sería paciente y esperaría. No parecía adecuado declararse tan pronto en una relación tan reciente.

–¿Estás bien? –preguntó ella al sentirlo volver a la cama.

–No me canso de ti –contestó él acariciándole el vientre.

–Entonces, toma lo que quieras, señor Avery. Soy toda tuya…

La siguiente vez que se despertó, el sol brillaba en lo alto. Pierce se vistió sigilosamente y salió a dar de comer a los perros. Cuando volvió, la casa seguía en silencio.

Decidió hacer el desayuno. Estaba preparando unos huevos revueltos y beicon cuando un ruido en la escalera llamó su atención.

–No tenía la bolsa de viaje –dijo Nikki, sonriendo desde el último escalón.

Eso explicaba por qué se había vuelto a poner el mismo vestido.

–El desayuno está listo. ¿Quieres comer?

–Me muero de hambre.

Se hizo un extraño silencio mientras comían.

–Ibas a decirme algo anoche, pero no te dejé –dijo Pierce cuando terminó.

Ella se sonrojó.

–Bueno, hice una llamada…

En aquel instante llamaron a la puerta. Él se levantó y fue a abrir. Era un hombre de unos setenta años, vestido de traje y con un maletín.

–¿Puedo ayudarle?

El hombre lo miró con curiosidad.

–Si es Pierce Avery, me gustaría hablar con usted.

–Sí, soy yo. ¿Quién es usted?

–Soy abogado y represento al señor Vincent Wolff.

–No me interesa.

Fue a cerrar la puerta, pero el hombre metió un pie y empujó.

–Es importante que hablemos, señor Avery.

–No tengo ninguna relación con los Wolff. Está perdiendo el tiempo.

–El señor Wolff recibió una llamada ayer…

Pierce dio un paso atrás. Se dio la vuelta y vio a Nikki mirándolo, con expresión de zozobra. No, no podía haber sido ella sabiendo cuál era su parecer.

–Váyase ahora mismo –dijo girándose hacia el intruso–. O haré que lo arresten por allanamiento de morada.

Al hombre no le quedó más opción que marcharse. Pero antes de hacerlo, dejó una tarjeta en la mesa que había en el vestíbulo, junto a la puerta.

–Si cambia de opinión, llámeme.

Pierce cerró dando un portazo y contó hasta

diez tan despacio como pudo. Sabía que era capaz de reaccionar con violencia.

–Vete de mi casa –dijo girándose hacia Nikki, tratando de mantener la calma–. Aquí está tu bolsa. Tómala y vete. No quiero volver a verte.

–Deja que me explique, Pierce –dijo Nikki mientras unas lágrimas comenzaban a surcarle las mejillas–. No es lo que piensas.

Pierce abrió la puerta y lanzó con toda la fuerza que pudo la bolsa de equipaje, que cayó rodando hasta dar en una rueda trasera del coche.

–Tengo cosas que hacer, señorita Parrish. Váyase.

Caminó hasta él con la cabeza bien alta, aunque su expresión era de arrepentimiento.

Se obligó a verla marchar. Nikki tropezó en el último escalón y cayó de bruces al hormigón. Aferrándose a la puerta, se negó a acudir en su ayuda. Nikki se levantó, ignoró la sangre de sus rodillas y puso su equipaje en el asiento trasero. Sin girarse para mirar hacia la casa, se metió en el coche y se marchó.

Capítulo Nueve

Durante una hora, Pierce paseó por su enorme casa. Nunca antes le había parecido tan solitaria. Poco después de las dos, el timbre volvió a sonar. El corazón le dio un vuelco. Pero no eran ni Nikki ni el abogado. Esta vez, era otro hombre el que llamaba a su puerta.

El hombre palideció al ver a Pierce y se llevó la mano al pecho. Alarmado, Pierce lo llevó dentro y lo acomodó en el sofá. El hombre se quedó mirándolo.

—Beba un poco de agua —dijo Pierce, ofreciéndole un vaso.

El hombre obedeció. Poco a poco, el color volvió a sus mejillas. Durante todo el tiempo, su mirada no se apartó de Pierce.

Pierce estaba al límite de su paciencia.

—Ya le he dicho al otro abogado que no tengo relación con la familia Wolff. Vaya y dígaselo.

—Me llamo Vincent Wolff —dijo el hombre de pelo cano—. Creo que soy tu padre.

—Ya tengo un padre.

—Y hermanos y primos y un tío... Voy a mandarte un helicóptero a las cinco para que te recoja. Quiero presentártelos a todos.

—Esa afirmación se basa en una suposición.

—Ahora que te he visto, no tengo ninguna duda. Puede que Devlyn y tú no seáis idénticos, pero es evidente que tienes genes de los Wolff.

Pierce pensó en sus padres en una habitación de hospital.

—No me importa lo que piense; los Wolff no tienen nada que ver conmigo.

Vincent se levantó.

—¿De qué tienes miedo, muchacho?

—No tengo miedo de nada.

Era mentira. Tenía miedo de que su padre no se recuperara y de que su madre lo mirara de un modo diferente si se enteraba de la verdad. Tenía miedo de que si admitía que era un Wolff, todo su mundo cambiara.

Vincent debió de adivinar sus pensamientos, porque su expresión se suavizó.

—Queremos conocerte, Pierce, eso es todo. No pedimos nada a cambio. No somos una amenaza.

Pierce tragó saliva.

—Le agradezco la invitación, señor. Pero no estoy seguro de que sea un buen momento.

—Hemos esperado más de treinta años. Creo que ya ha sido suficiente.

El teléfono de Pierce sonó y al mirar la pantalla, vio que era su madre.

—Tengo que contestar esta llamada.

Vincent asintió.

—Claro —dijo, y se marchó al otro lado de la habitación.

Pierce contestó.

—Mamá, ¿qué pasa?

La mujer empezó a hablar a toda prisa. Pierce se dejó caer en una silla. Le temblaban las piernas.

—Dile a papá que le quiero. Y a ti también. Ya hablaremos luego.

Cuando levantó la vista, Vincent lo estaba mirando.

—¿Tus padres?

—Sí. Mi padre… Lleva meses esperando un donante de riñón. Mi madre llamaba para decirme que por fin ha aparecido uno. La operación será la semana que viene.

—Enhorabuena.

—Gracias.

—¿Vendrás a Wolff Mountain?

Las buenas noticias sobre su padre llenaron de optimismo a Pierce. La llamada había hecho que el ambiente de la habitación cambiara. En el rostro de Vincent vio los años de sufrimiento y un asomo de esperanza. Las plegarias de Pierce habían obtenido respuesta. Su padre viviría. Quizá fuera el momento de pagar por ello.

—Sí, iré.

Nikki lloró hasta que los ojos se le hincharon. Nunca había visto a Pierce tan enfadado y, en parte, era culpa suya por manejar tan mal las cosas. Se lavó la cara e intentó trazar un plan. Si aquello era el final, tenía que dejar de pintar un futuro rosa con Pierce. Era una mujer independiente que había pasado la mayor parte de su vida sola. Incluso con el corazón roto, se obligaría a recoger los pedazos y empezar de nuevo.

Quizá habría sido diferente si le hubiera dicho a Pierce que lo amaba. Quizá no se habría dado tanta prisa en pensar que lo había traicionado. Pero en su lugar, ¿no habría llegado ella a la misma conclusión? Nadie más conocía el secreto a excepción de Gertrude, y era imposible pensar que la anciana hubiera roto su silencio y hubiera acudido a los Wolff.

Le sonó el teléfono móvil y pensó ignorarlo, lo tomó y se quedó de piedra al ver el número.

—Antes de nada, quiero aclararte que te llamo en busca de asesoramiento legal —dijo Pierce—. Me han invitado a cenar a Wolff Mountain y quiero que vengas conmigo.

Su voz familiar sonaba fría.

—No creo que sea una buena idea.

—Me lo debes. Van a mandar un helicóptero a las cinco. Estate aquí a esa hora o iré a sacarte de tu apartamento.

—Pierce, yo...

Quería explicarle que no había llamado a los Wolff, pero sabía que en aquel estado de humor, no iba a escucharla.

—Allí estaré.

***

143

Desde el porche, Pierce vio el helicóptero aterrizar en la explanada. Nikki había llegado unos minutos antes, pero no se había bajado aún del coche. Al salir, el corazón le dio un vuelco. No se parecía en nada a la mujer somnolienta que había aparecido en su cocina esa mañana con un vestido arrugado.

Aquella mujer estaba impecable de la cabeza a los pies. No tenía ni un solo cabello fuera de lugar. Llevaba un vestido negro que se le ceñía al cuerpo al caminar. Era una buena elección para cenar con una familia de multimillonarios. Llevaba zapatos de tacón negro, aunque no era excesivamente altos.

Al llegar a su lado, se contuvo para no tocarla. Se la veía muy guapa y distante.

—Nos están esperando.

Nikki asintió con la mirada puesta en el helicóptero.

Una vez en el aire, había demasiado ruido para conversar. El piloto sobrevoló la ciudad y enseguida abandonaron la civilización en dirección a las montañas.

Un todoterreno los esperaba al aterrizar. Un joven les dio la bienvenida, metió el equipaje en el maletero y esperó a que se subieran.

—¿Nos esperan tan pronto?

El conductor asintió.

—Sí, señor, toda la familia ha venido, incluyendo a Devlyn y Gillian, que viven en Atlanta.

Pierce se movió incómodo en su asiento al ver

la casa a la que la gente local se refería como el Castillo de los Wolff.

Al llegar al camino semicircular de entrada, había una figura solitaria esperándolos, Vincent Wolff.

Vincent ayudó a Nikki a salir del vehículo y se quedó mirándola.

—¿Eres su novia?

—No, señor, soy su...

—Es una amiga —dijo Pierce tomándola por el brazo—. Pensé que tal vez necesitara refuerzos.

Vincent sonrió.

—Me parece justo.

—No estoy seguro de cómo saldrá esto.

Vincent asintió.

—Yo tampoco. Toda la familia, menos los niños, están en el comedor. Les he contado que eres mi hijo y poco más. Pensé que sería mejor explicarlo a todos a la vez.

Vincent los invitó a pasar. Nikki estaba callada, observándolo todo.

Atravesar el umbral de la puerta del comedor fue una de las cosas más difíciles que había tenido que hacer nunca. Nikki lo tomó del brazo y le apretó suavemente antes de volver a soltarlo. Agradecía su apoyo, pero le resultaba doloroso. Si no hubiera sido por ella, no estaría pasando por aquello que no había querido hacer.

Había tres sitios libres en la mesa. Vincent indicó a los invitados dónde sentarse, antes de tomar asiento. Trece pares de ojos estaban fijos en ellos.

Pierce carraspeó y levantó la mano.

—Hola, soy Pierce Avery y ella es Nikki Parrish.

El silencio se prolongó. Pierce miró a Vincent y se encogió de hombros.

—Este es su espectáculo —dijo tratando de no parecer un idiota.

¿Qué pretendía el anciano con aquello?

Vincent se quedó mirando al grupo congregado alrededor de la mesa. Pierce aprovechó para hacer lo mismo. Los hombres eran guapos, anchos de hombros y se parecían entre ellos. Sabía que tres de ellos eran hijos de Victor y otros dos y una de las mujeres de Vincent. Al único que conocía era a Devlyn, porque había entregado un cheque en la gala.

—Os he contado a todos que este hombre es hijo mío. Supongo que pensáis que es fruto de una antigua aventura, pero la verdad es mucho más complicada.

Pierce observó al anciano, que parecía incapaz de soportar la curiosidad de los que lo estaban mirando.

—No nos tengas en suspense más tiempo y explícanos la historia.

—Empezaré por el principio —dijo Vincent—. Puede que no sepáis esto, pero cuando Delores y yo quisimos formar una familia, tuvimos problemas. Tuvo dos abortos. Cuando por fin se quedó embarazada, estaba como loca. Tenía una personalidad inestable, así que me preocupé por el embarazo, pero estuvo muy animada. Cada trimestre era mejor que el anterior. Cuando llegó el momento de dar a luz, nos fuimos al hospital –dijo, e hizo una pausa para mirar a Pierce y Nikki antes de continuar–. Victor y yo vivíamos en Charlottesville por entonces. Nos fuimos a vivir a Wolff Mountain cinco años más tarde, después de que nos arrebataran a Laura y Delores.

»El parto fue largo –continuó Vincent–, como es habitual en madres primerizas, pero Delores lo hizo muy bien. Estuve en el paritorio parte del tiempo porque ella así lo quiso, pero salía y entraba a menudo. Los hombres de mi generación no se involucraban tanto como los de ahora. En eso se notaba la diferencia de quince años entre mi esposa y yo –dijo sonriendo con tristeza–. Estaba en el pasillo tomando un café cuando se formó un revuelo en la sala de partos. Asustado, corrí dentro y vi que las enfermeras y el doctor estaban riendo. Tuvimos gemelos. Fue un milagro. Por aquel entonces, apenas se hacían ecografías. Estábamos tan contentos… Como los bebés nacieron de madrugada, decidimos esperar a dar la noticia por la mañana. Estábamos exhaustos, así que mandamos a los bebés al nido para poder descansar un rato. Unas horas más tarde, una doctora vino a la habitación y nos dijo que uno de los bebés había muerto. Devlyn seguía con nosotros.

Devlyn se echó hacia atrás en la silla. Sus ojos estaban húmedos.

–¿Tuve un hermano gemelo?

Vincent asintió.

—Delores se puso histérica y la intentaron sedar. Antes de que se quedara dormida, me hizo prometer que no le contaría a nadie lo que había pasado. No se sentía capaz de hablar de ello y, puesto que nadie sabía del otro bebé, pensó que lo mejor era olvidarse de él como si nunca hubiera existido. Accedí para que se quedara tranquila y he mantenido mi promesa hasta hoy.

Victor se quedó mirando a su hermano pequeño.

—Ni siquiera me lo contaste a mí.

—No. Sabía que te sentirías obligado a contárselo a Laura, así que se convirtió en nuestro secreto.

—¿Por qué ahora? —preguntó un hombre al que Pierce identificó como Larkin, el hermano pequeño de Devlyn—. ¿Qué ocurre, papá?

—Ayer por la tarde recibí una llamada de la doctora que estaba de guardia esa noche. Tiene más de noventa años y me hizo una confesión.

¿Gertrude había llamado a los Wolff? Perplejo, miró a Nikki. En lo más hondo de su corazón sintió alivio. No lo había traicionado. Enseguida sintió vergüenza por haberla acusado sin más.

Ella le sonrió y él se quedó mirándola sin palabras. Tenía que pedirle perdón, pero en aquel momento, lo único que podía hacer era tomar su mano bajo la mesa y darle un apretón. Todos los demás estaban pendientes de las palabras de Vincent.

El hombre siguió narrando la terrible historia que Gertrude había compartido con Pierce y Nikki. Era duro contemplar las expresiones de horror de los rostros de los demás. Pierce había tardado día y medio en digerir aquella terrible verdad, y todavía le costaba asumirlo.

Uno de los hijos de Victor tomó la palabra.

–Soy Jacob –dijo mirando a Pierce–. Como médico, me cuesta creer lo que Vincent nos está contando.

Pierce sintió la necesidad de explicar los motivos de su tía abuela, pero Vincent se le adelantó. Les contó lo de la epidemia de gripe y cómo aquella doctora había acabado atendiendo el parto de una sobrina a la que había criado como a su propia hija. La mujer se había sentido desesperada cuando aquel bebé había muerto poco después de nacer.

–Más tarde le hicieron la autopsia. Había muerto de un defecto coronario que no se podía operar. Fue un milagro que viviera unas horas.

Devlyn sacudió la cabeza, apretando los puños sobre la mesa.

–¿Ese bebé?

–Sí. El tercer niño que nació esa noche fue el que murió, no tu hermano gemelo.

Devlyn se quedó mirando a Pierce sin salir de su asombro.

–¿Así que…

–Es tu hermano. Es un Wolff.

Pierce carraspeó.

–Mis padres no conocen la verdad. Mi padre está muy enfermo y lo único que sabe mi madre es

149

que al hacer las pruebas para comprobar si podía donar un riñón a mi padre, se descubrió que no era hijo suyo –dijo, e inspiró antes de continuar–. No sé qué voy a hacer con esta información. Ahora mismo, mi prioridad son mis padres.

–Mejor dicho, la gente que te crio –le corrigió Devlyn.

–La familia es algo más que sangre –intervino Nikki–. Pierce adora a sus padres, así que lo que decida contarles ha de ser respetado por todos ustedes. El secreto no puede salir de esta habitación hasta nuevo aviso.

Pierce se dio cuenta de que hablaba como abogada y sonrió.

–Necesito tiempo para asumir todo esto. Hoy mismo me he enterado de que han encontrado un donante compatible y la operación se llevará a cabo la semana que viene.

–Hay algo más que os afecta a todos –lo interrumpió Vincent–. Delores nunca se recuperó de lo que pasó aquella noche. Empezó a beber. Su salud mental no era buena y se negaba a tomar medicamentos. Creo que Delores culpaba a Devlyn por la muerte del otro niño. Sé que no tiene sentido, pero así son las enfermedades mentales. Lo intentó con Larkin y Annalise, pero la maternidad fue demasiado para ella.

Devlyn se levantó y se acercó adonde Pierce estaba sentado. Pierce se puso de pie lentamente. En un gesto inesperado, Devlyn Wolff lo abrazó con fuerza, sin soltarlo. Pierce se relajó y, con lágrimas en los ojos, se dejó querer por aquel hombre que era su hermano.

Pasaban de las nueve de la noche cuando Pierce y Nikki se encontraron a solas en la enorme suite de invitados del piso de arriba. Mientras cenaban, habían continuado las preguntas en un intento por comprender lo que había pasado la noche en que Devlyn y Pierce habían nacido.

Los primos de Pierce se habían mostrado tan interesados como sus hermanos, sus nuevas cuñadas también lo habían acogido con cariño. Devlyn se había casado con una maestra de primaria y Larkin, a punto de pasar por el altar, había puesto sus ojos en una rica heredera con una marcada conciencia social.

La más reservada del grupo había sido la guapa Annalise, la hermana de Pierce. Era la única mujer en un hogar lleno de testosterona y había pasado la noche observando a Pierce con expresión de sorpresa y lástima. Su marido, un guapo arquitecto llamado Sam, no había dejado de rodearla con el brazo durante toda la noche.

Pierce sacó su cartera del bolsillo y la dejó sobre la cómoda. Luego se quitó los zapatos, se estiró y bostezó.

–No sé si podrás perdonarme por haber sido un idiota. Lo siento mucho, Nikki.

Ella se sentó al borde de la cama y se echó hacia atrás, apoyándose en las manos.

—Yo tampoco podía creérmelo. Ni en sueños habría imaginado que Gertrude haría lo que ha hecho.

—Creo que después de que la obligáramos a contarnos la verdad, quiso limpiar su conciencia.

—Quizá —dijo Nikki ladeando la cabeza—. ¿Cómo te sientes?

—Abrumado.

—¿Te arrepientes?

—Me arrepiento de haber sido tan desconsiderado contigo —dijo, y se sentó a su lado—. Sé que no es excusa, pero creo que estaba tan enfadado porque estaba asustado. Nunca en mi vida me había visto en una situación parecida. No sabía qué era lo que tenía que hacer. Les contaré a mis padres la verdad tan pronto como mi padre esté estable después de la operación. No será fácil, pero tengo que hacerlo.

—Eres un hombre con suerte.

—He sido un bastardo, Nicola Parrish —dijo, y sus ojos marrones reflejaron dolor—. Te mereces un hombre mejor. Eché a perder lo mejor que me había pasado. Te necesito, Nikki. Lo único que querías era ayudarme y te aparté de mi lado. Lo lamentaré hasta el día que muera. Lo siento mucho. Si pudieras perdonarme, prometo pasar el resto de mi vida compensándote por ello. Y teniendo en cuenta que tengo una gran familia, estaré encantado de compartirla contigo.

—Es la mejor oferta que me han hecho nunca. Te perdono, mi amor.

Él respiró hondo y se puso de rodillas.

–¿Qué te parece si te propongo matrimonio? Prometo que buscaremos una solución para el asunto de Washington.

–Ya les he dicho que no. No podía dejarte. No quería dejarte.

–Te quiero –dijo él como si llevara toda la vida esperando pronunciar aquellas palabras.

–¿De veras?

–Y tú me quieres también. ¿Por qué si no ibas a haberme acompañado hoy a la boca del lobo?

–¿Por curiosidad, por facturar más horas?

Tiró de ella hasta que la hizo caer en la alfombra. Luego se echó sobre ella y empezó a acariciarle los pechos.

–¿No deberíamos desvestirnos?

Le levantó la falda, se desabrochó los pantalones y se colocó entre sus piernas. Se tumbó y la hizo colocarse sobre él. Nikki apoyó las manos en su pecho y él la tomó por las caderas y se hundió en ella. Alcanzaron el orgasmo al unísono y sus cuerpos quedaron entrelazados hasta la última de las sacudidas.

Nikki se dejó caer sobre él y pensó que Pierce se había quedado dormida hasta que lo oyó hablar.

–Nunca pensé que me enamoraría de una abogada.

Ella se estremeció.

–Bueno, yo tampoco pensé que me enamoraría de un millonario.

Él la pellizcó el trasero.

—Multimillonario —la corrigió con una sonrisa.

Ella lo besó en el cuello.

—Nunca he deseado a nadie como a ti.

Nikki cerró los ojos, sonriendo. Era todo lo que podía pedir… y mucho más.

Nikki se quitó el cinturón y salió a toda prisa del coche con la ayuda de Pierce. Tenían ante ellos el castillo de los Wolff, cuya fachada ya le era familiar.

—Esto está muy tranquilo —dijo apoyando la cabeza en el brazo de su marido—. Creí que iba a venir todo el mundo a la cena.

—Y así es. Quizá estén todos arriba cambiándose de ropa.

La niña que llevaba en su vientre le dio una patada, dejándola unos instantes sin respiración.

—No puedo creer que Annalise haya ganado la apuesta sobre el sexo y la fecha prevista de parto. Todos los demás estaban convencidos de que sería un niño. ¿Te importa?

Pierce tomó su rostro entre las manos y la besó suavemente.

—Estoy encantado. Será tan guapa y lista como su madre.

Entraron de la mano en la casa y se dirigieron al salón principal.

—¿Podemos parar en la cocina? Falta un rato para la cena y me muero de hambre.

—¿Otra vez?

—Cuidado, no es prudente bromear con una mujer embarazada.

—Iremos en un momento —dijo él—. Vamos a ver si han llegado los demás.

Abrió la puerta y, al entrar Nikki, un grito al unísono les dio la bienvenida.

—¡Enhorabuena!

Nikki parpadeó y los ojos se le llenaron de lágrimas. La familia Wolff al completo estaba allí, además de los padres de Pierce, los señores Avery. Lazos, flores y globos rosas decoraban las paredes. Había una mesa llena de regalos para el bebé. En otra mesa había un cuenco con ponche y una versión pequeña de un pastel de boda, coronado con unos patucos rosas.

—No sé qué decir.

—Queríamos ser los primeros en daros la enhorabuena. Papá insistió en que compráramos todo en rosa y azul, así que arriba hay un montón de cosas que vamos a donar.

Todos rompieron a reír y, enseguida, Nikki y Pierce se sentaron a abrir los regalos.

Cuando abrieron la última caja, Vincent Wolff dio un paso al frente y le entregó a Nikki una pequeña caja alargada. Intrigada, miró a Pierce mientras la abría.

Juntos, sacaron un puñado de papeles del interior. Eran las escrituras de un terreno en Wolff Mountain.

—Construiros una casa de vacaciones, lo que vosotros queráis —dijo, y luego miró a los Avery—.

Para ustedes también tengo algo que les daré más tarde en mi despacho. Quiero darles las gracias por haber criado a un hombre tan correcto, nuestro hijo.

Nikki sintió la tensión de Pierce y se estremeció al ver que se levantaba. La habitación se quedó en silencio. Lentamente se acercó a su padre biológico, se agachó y lo abrazó.

—Gracias, padre. Esto significa mucho para nosotros.

Unos momentos más tarde, la charla se reanudó y el momento de intensa emoción se desvaneció. Pierce fue a ayudar a sus hermanos a montar un triciclo, mientras las mujeres empezaban a servir la comida.

Nikki miró a su alrededor, maravillada por los cambios de su vida. Por primera vez tenía una familia. Pierce, ella y su bebé. Aunque lo cierto era que había pasado de no tener familia a tener tres. Los Avery y los Wolff la habían recibido como a una más.

Su mundo era un círculo cerrado tan infinito como la alianza matrimonial de platino que llevaba. Y todo, gracias al amor.

AMOR EN ALERTA ROJA

JULES BENNETT

Durante años, el multimillonario productor Max Ford había creído que Raine Monroe lo había traicionado. Por eso, cuando regresó a su ciudad natal, quería explicaciones. Pero su ex prefería mantenerse callada y alejada de la tentación... hasta que una tormenta de nieve los dejó atrapados, con su bebé, en su acogedora granja.

Raine sabía que tenía que cortar eso antes de que su aventura con el codiciado soltero de Hollywood pusiera en peligro sus posibilidades de adoptar oficialmente a la niña... y de que los oscuros secretos de su pasado salieran a la luz.

Una tormenta de nieve más dos examantes igual a un encuentro apasionado

Acepte 2 de nuestras mejores novelas de amor GRATIS

¡Y reciba un regalo sorpresa!

Oferta especial de tiempo limitado

Rellene el cupón y envíelo a
Harlequin Reader Service®
3010 Walden Ave.
P.O. Box 1867
Buffalo, N.Y. 14240-1867

¡Sí! Por favor, envíenme 2 novelas de amor de Harlequin (1 Bianca® y 1 Deseo®) gratis, más el regalo sorpresa. Luego remítanme 4 novelas nuevas todos los meses, las cuales recibiré mucho antes de que aparezcan en librerías, y factúrenme al bajo precio de $3,24 cada una, más $0,25 por envío e impuesto de ventas, si corresponde*. Este es el precio total, y es un ahorro de casi el 20% sobre el precio de portada. !Una oferta excelente! Entiendo que el hecho de aceptar estos libros y el regalo no me obliga en forma alguna a la compra de libros adicionales. Y también que puedo devolver cualquier envío y cancelar en cualquier momento. Aún si decido no comprar ningún otro libro de Harlequin, los 2 libros gratis y el regalo sorpresa son míos para siempre.

416 LBN DU7N

Nombre y apellido	(Por favor, letra de molde)	
Dirección	Apartamento No.	
Ciudad	Estado	Zona postal

Esta oferta se limita a un pedido por hogar y no está disponible para los subscriptores actuales de Deseo® y Bianca®.
*Los términos y precios quedan sujetos a cambios sin aviso previo.
Impuestos de ventas aplican en N.Y.

SPN-03   ©2003 Harlequin Enterprises Limited

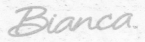

¿Habría encontrado aquel playboy la horma de su zapato?

Hal Treverne, productor musical de gran éxito y famoso por su inconformismo, no estaba a la altura de su reputación de ser afortunado. Confinado en una silla de ruedas tras haber sufrido un accidente de esquí, estaba furioso.

Sobre todo porque ya debería haber conseguido llevarse a la cama a Kit, la mujer que lo cuidaba, y habérsela quitado de la cabeza. Obligado a depender de ella, no podía escapar a su embriagadora presencia.

Hasta que percibió el ardiente deseo que se ocultaba tras su fachada de eficiencia profesional. Desencadenar la pasión de Kit era un reto que le encantaría al arrogante Hal.

Pasados turbulentos

Maggie Cox

UN AUTÉNTICO HOMBRE

BRENDA JACKSON

Ningún hombre de sangre caliente podría desaprovechar la oportunidad de salir con la guapísima Trinity Matthews, y Adrian Westmoreland era un hombre de sangre muy caliente. Para ayudarla, fingiría ser su novio, pero ¿guardarse las manos para sí mismo? Eso era imposible.

Aunque un Westmoreland siempre cumplía su palabra, ¿cuánto tiempo tardaría en convertir el falso romance en algo real?

¿Qué ocurre cuando un novio falso decide convertirse en un amante real?

¡YA EN TU PUNTO DE VENTA!